# Les dédicaces

# CYRIL MASSAROTTO

# Les dédicaces

ROMAN

J'AI LU

# Avant elle

Je n'ai jamais compris que l'on puisse se séparer d'un livre dédicacé. Pour moi cela a toujours tenu de l'hérésie ; et cette fois c'est pire que tout. Comment un exemplaire de *Si c'est un homme* de Primo Levi, portant la dédicace « Pour Louis, j'espère que tu comprendras, Ton père », peut-il se retrouver sur les rayonnages bancals d'un bouquiniste des quais de Seine ? Comment et surtout, pourquoi ? Car je peux bien envisager, évidemment, l'existence d'une brouille entre un père et son fils, cette brouille je la sais fréquente et parfois même nécessaire ; mais le livre dédicacé, lui, n'est pour rien dans ces histoires de famille. Ce qui compte ici n'est pas ce que le père a pu dire ou faire de critiquable ou fâcheux en tant que parent, non, ce qui importe c'est ce qu'il a voulu transmettre, c'est l'offrande du livre, le don du travail d'un auteur, d'un artiste, la perpétuation de son message. Surtout ce livre-là !

Enfin, Louis, fils de *Ton père,* qui es-tu pour te débarrasser d'un si beau témoignage, à ce point important, de quel droit ? Qu'as-tu donc fait de ce cadeau, l'as-tu donné, l'as-tu vendu, pire, l'as-tu jeté ? À moins que tu ne sois mort, auquel cas tu es tout excusé – contrairement à tes héritiers qui s'en seront débarrassés sans vergogne, pour mieux vendre ton appartement préalablement *home stagé*. Inexcusable ; car tout de même, ce qui rend sacré un livre, c'est sa dédicace !

Sans dédicace, le livre n'est qu'un amas de pages sur lequel peut éventuellement être imprimé un texte intéressant – en de très rares cas, même, important. Certains décident d'acheter un livre après en avoir entendu une bonne critique, ou du moins, une critique qui donne envie (de plus en plus souvent, l'un n'implique pas l'autre) ; d'autres sont convaincus par le texte de quatrième de couverture, qu'ils jugent efficace ou bien écrit – ce qui au fond est aberrant car tout le monde sait que ce n'est pas l'auteur qui écrit ce texte mais l'éditeur, acheter un roman pour sa quatrième équivaut à épouser un homme parce que son patron vous en dit du bien ; et puis il y a ceux, mais à ma connaissance je suis la seule, qui lisent un roman à l'aune de sa dédicace, parce qu'elle ajoute une histoire à l'histoire.

Quand je parle de dédicace, j'entends bien sûr un véritable message manuscrit spécifiquement adressé à quelqu'un, et qui dit autre chose que « Pour Julie, cordialement, PPDA » ou « Bons frissons, amitiés, Guillaume Musso » – tout cela c'est du commerce, et je n'ai évidemment jamais acheté un livre souillé de la sorte. Dès le début, je me suis juré que jamais de telles banalités ne trouveraient leur place dans les rayonnages de ma bibliothèque des romans dédicacés.

J'ai recompté hier, j'en avais deux mille six cent cinquante-trois. Ce Primo Levi sera mon deux mille six cent cinquante-quatrième, et le deuxième de l'auteur.

Je me dirige vers le vendeur ; il me secoue un livre devant les yeux : « Le Weyergans, c'est sûr vous le prenez pas ? Vu qu'il est mort, maintenant, ça vaut plus, non ? » Parfois, je rêve de ne pas répondre à ce type de question, et de me contenter de lever les yeux au ciel en quittant les lieux, évanescente et désagréable. Mais il fait partie de ceux qui mettent les livres de côté pour moi, alors…

« Non je vous assure, c'est une dédicace typique de salon du livre.

— Si vous le dites… Ça fera six euros. C'est tout ce que j'avais pour vous cette semaine, mais jeudi j'aurai un arrivage, vous repasserez ?

— Comme tous les jeudis. Au revoir. »

Je suis sévère avec cet homme, mais je me dis qu'avec le temps, il devrait avoir compris, comme mes trois autres habitués qui, eux, se trompent rarement. Ils savent ce que je veux, ils connaissent mes goûts, mes limites. Lui, c'est un peu la vendeuse qui essaie de vous refourguer un foulard après que vous avez acheté une belle robe, sous le prétexte fallacieux qu'ils iraient bien ensemble alors qu'objectivement, leur seul point commun est d'être vendus dans la même boutique. Enfin, ce n'est pas si grave, et puis, les bouquinistes devraient être une espèce protégée, de nos jours, alors *merci, au revoir*, petit sourire, il baisse le regard jusqu'à mes fesses sitôt que je suis passée à côté de lui, et je fais mine de ne pas le voir, comme d'habitude, mais c'est vrai qu'elle me va bien, cette petite robe.

Je suis pressée de rentrer, et de relire *Si c'est un homme* sous le jour nouveau de Louis et de son père. Avec beaucoup de chance, le père aura souligné des passages à l'attention de Louis, sachant que celui-ci allait survoler plutôt que lire ; ou alors il aura corné quelque page, pour suggérer sans trop insister, pour ne pas être ici aussi le père écrasant et directif que, peut-être, il a été dans la vie.

Un ancien amant, provincial, me disait à chaque fois que nous montions ces marches que lui, il ne pourrait pas, cinq étages sans ascenseur, c'était insensé, que « si tu te rends compte au moment où tu ouvres la porte que tu as oublié les cigarettes dans la voiture, tu es bon pour dix étages de plus, soit quinze étages en quelques minutes, une folie, même pour le cœur c'est pas bon » ! Pédagogue, je lui expliquais que le galbe de mes mollets qu'il aimait tant était dû à ces étages, et ajoutais qu'en termes d'architecture, bien souvent la beauté de l'ancien se méritait ; ce à quoi il répondait qu'il était très bien dans son immeuble tout confort des années quatre-vingt, avec ascenseur pouvant accueillir six à huit personnes selon leur corpulence, soit jusqu'à six cent trente kilos de charge utile, le tout dans un espace d'un virgule cinq mètres carrés – il avait cette passion des fiches techniques, allez comprendre. Je l'ai quitté bien sûr, non pas à cause des escaliers ni des ascenseurs mais de son empressement : il m'a demandé de l'épouser au bout de quatre mois de relation, avec comme horizon de bonheur conjugal que nous allions vivre chez lui, à Marmande. C'est à cet instant que j'ai réalisé que le concept d'oublier ses cigarettes dans la voiture était effectivement très connoté Lot-et-Garonne.

Le moment de bonheur arrive enfin : un thé cannelle-orange de chez Mariage Frères, quelques spéculoos, je m'enfonce dans mon fauteuil, je tourne une page et ça y est, je m'apprête à vivre. Je relis la dédicace, fais glisser mon doigt sur l'encre vieillie ; et je me félicite à nouveau d'avoir acheté ce Fauteuil Œuf Aviateur grand modèle – il coûte un mois de salaire, c'est vrai, mais lovée en lui plus rien n'existe, il me coupe tout horizon autre que celui de mon livre.

À la mort de maman, j'avais longuement hésité : rester à Nanterre et vivre confortablement grâce à la revente au prix fort de ces soixante-six mètres carrés au cœur du Marais – un agent immobilier à l'œil brillant m'en promettait huit cent mille euros a minima – ou y emménager et vivre avec parcimonie de mon salaire de mille neuf cent soixante-dix-neuf euros mensuels – parcimonie relative car délestée de la contrainte démesurée du loyer. La proximité de mon lieu de travail m'a fait vaciller ; le voisinage de la Seine aura eu raison de mes derniers rêves d'une vie allégée du bien connu et redouté *découvert de fin de mois*. Cela fait donc sept ans que chaque jour je me réjouis des trois minutes et demie de marche qu'il me faut pour rejoindre la Maison européenne de la photographie où j'officie au grade d'assistante qualifiée de conservation principale de deuxième classe. Travail assez peu intéressant, certes, mais loin d'être désagréable et très peu fatigant ; surtout, il est de cette famille des métiers qui ne vous causeront jamais le moindre tracas quand vous rentrez chez vous, le soir, et cette tranquillité d'esprit vaut quelques centaines d'euros mensuels, du moins à mes yeux.

Quand un homme entre chez moi – bientôt il faudra que je dise « rentrait », tant ma vie amoureuse devient famélique avec le temps –, il trouve généralement l'appartement très joli, demande si je suis locataire ; puis il s'attarde une minute sur les livres, un peu plus longtemps sur les photographies d'art offertes par quelque exposant du musée qui aura cru me mettre dans son lit grâce à ce cadeau qu'il assurait désintéressé, et après ce round d'observation syndical vient s'asseoir à côté de moi et m'embrasse ; au fond la plupart des hommes veut toujours coucher avec la plupart des femmes, par l'entremise de cadeaux ou de promesses d'un mariage reposant pour les mollets et le cœur.

Longtemps, j'ai aimé coucher avec les hommes, j'appréciais ces amours éphémères pour ce que je les croyais être, à savoir des liminaires en attendant le grand roman d'une vie. Ces amants de passage, je les appelais « mes *homméopathes* », pour faire rire les filles au musée, mes hommes dilués, qui me prescrivaient de l'amour à faible dose, puisque je n'avais pas besoin de plus. J'étais persuadée que le *bon* arriverait comme une évidence ; j'attends toujours, à défaut d'attendre encore.

Mon âge couplé à mon envie d'enfant est un cocktail explosif, engendrant chez l'autre des paroles diamétralement opposées aux regards qui les accompagnent. Les bouches disent « mais bien sûr qu'à quarante et un ans on peut avoir un enfant, regarde Monica Bellucci, quarante-cinq ans, tu vois ça te laisse même le temps de trouver un super géniteur ! » alors que les yeux disent : « Tu n'y arriveras pas ma fille, il ne fallait pas être si libre, si exigeante, il ne fallait pas profiter autant, regarde-toi maintenant, la roue tourne, et bientôt c'est toi qui seras jalouse de moi, enfin. »

Je pense tout de même qu'il me reste une chance ; et puis j'ai fait congeler des ovules, au cas où.

J'ai à peine fait un pas vers lui que le bouquiniste me lance : « Claire, regardez ce que j'ai pour vous ! » Je déteste qu'il m'appelle par mon prénom, d'autant qu'il a quasiment dérobé cette information un jour que j'avais oublié mon argent liquide à la maison ; il avait feint d'être grand seigneur et d'accepter « à titre exceptionnel et parce que vous êtes une très bonne cliente » que je lui règle dix-sept euros par chèque. J'avais écrit la somme et la date uniquement, lui laissant le soin de remplir l'ordre – bonnasse, je m'étais dit que cela lui permettrait de le mettre à son nom afin de passer la somme au *black* – et il n'avait rien écrit, juste pris le chèque, qu'il avait éloigné de ses yeux à la faveur d'une presbytie précoce sans doute et avait lancé, fier, « vous n'avez pas une tête de Claire ! » et je n'avais rien répondu. Depuis, il prend un malin plaisir à m'appeler par mon prénom alors qu'il sait pertinemment que cela ne me plaît pas.

« Un livre dédicacé par l'auteur à Jean-Paul Sartre, regardez !

— Quel auteur ?

— Dionys Mascolo, et le livre s'appelle *Le Communisme*, vous connaissez ?

— Un résistant, non ?

— Oui ! Et regardez, la dédicace est géniale : "À Sartre, bien amicalement, et avec l'espoir qu'il ne m'en voudra pas de quelques critiques."

— C'est savoureux, en effet. »

Fier de sa découverte, le bouquiniste me détaille les recherches faites sur le livre et son auteur, « un sacré caractère, un vrai intellectuel, un homme libre » sans se douter que même si j'en possède quelques-unes, au fond, les dédicaces d'auteurs célèbres ou destinées à eux me désintéressent dans l'ensemble, car elles font partie d'un *marché du livre dédicacé* et que cette simple expression suffit à m'en dégoûter. Tiens, d'ailleurs, je vais revendre dès demain la petite dizaine que je possède, ainsi, le problème ne se posera plus. « Et puis, avouez qu'un homme exclu du Parti communiste ne peut pas être foncièrement mauvais ! Je vous le fais à cent euros, prix d'ami. » L'annonce de ce prix excessif comme sésame, ma porte de sortie s'ouvre grand : « Ravie qu'il vaille autant, je revends tous les miens d'auteurs illustres, ça vous intéresse ? » Sa mine déconfite pour toute réponse, il balance le livre sur une pile d'autres comme si c'était un vieux journal et m'annonce, blasé : « J'ai ça aussi. »

Il me tend un roman semble-t-il récent, édité chez Grasset, collection jaune, titre en noir : *Charbons de paille*, et nom de l'auteur en vert : Frédéric Hermelage.

« Vous connaissez ?

— Non. »

C'est sûr, il boude, peut-être avait-il déjà des projets pour les cent euros dont il me voyait à coup sûr me délester, un restaurant, une bonne bouteille, un jouet pour sa petite-fille. Désolée. J'ouvre, découvre la page de garde vierge. C'est une indication, par ce vide, j'en sais déjà un peu plus sur ce Frédéric Hermelage. En effet il y a, parmi les *dédicaçants*, deux écoles : ceux qui choisissent d'apposer leur dédicace sur la page de garde, et ceux qui préfèrent la page de titre. Les deux ont leurs *pour* et leurs *contre* : la page de titre permet de jouer avec les mots déjà imprimés quand la page de garde, elle, perd en sens mais offre une plus grande liberté – sans parler du gain de place, pour les plus prolixes. J'en conclus que Frédéric Hermelage ne devrait pas être trop bavard, et que le titre de son livre lui plaît assez pour qu'il appose sa dédicace sous celui-ci. Allez, je la découvre.

*Pour Salomé,*
*La plus belle femme de ce salon du livre,*
CHARBONS DE PAILLE
*Merci d'illuminer cette grise journée.*
*F.H.*

Frisson ; je n'en reviens pas de cette audace. L'auteur complimente la lectrice sur sa beauté. Sans ambages. Sans précaution aucune.

Et le pire n'est pas là : sous ses initiales en bas de page, au plus bas que l'on puisse écrire, il persiste et signe, faisant ce que jamais, en deux mille six cent quarante-cinq livres, je n'avais vu.

*P.-S. : 07 66 44 19 46, appelez-moi.*

Incroyable. Effarant. Un auteur qui drague via son livre. Non, qui drague *dans* son livre ! Je cache mon enthousiasme.

« Combien pour celui-là ?

— Cinq euros. »

Je fais mine d'hésiter, à l'affût de la ristourne.

« Il est vraiment inconnu…

— Faut savoir ce que vous voulez, connu ça va pas, inconnu ça va pas non plus… Avouez que ça restreint ! »

Je n'ai jamais été bonne négociatrice ; ça n'allait pas commencer aujourd'hui.

« Je vous le prends ! »

Je n'ai que quelques minutes à marcher mais je ne tiens pas : il faut que je lise les premières pages, il faut que j'en sache plus sur ce Frédéric Hermelage, F.H. comme il se définit lui-même. Étrange, ces auteurs qui s'abrègent.

Je m'installe à la terrasse du café en face, commande un thé vert, me reprends, opte pour un verre de vin blanc. Je suis trop excitée pour du thé. Je veux un apéritif avec F.H.

Le livre est de 2017, récent, donc ; il fait deux cent vingt-quatre pages, longueur idéale pour un roman selon moi – Proust et Céline étant morts, il faut écrire des romans de moins de trois cents pages, c'est impérieux. J'ai parfois débattu du sujet de la longueur des romans sur des forums de passionnés de lecture, et la teneur des ultimes messages d'opposants à ma théorie se résumant à peu près à « fasciste culturelle » pour les plus modérés et à des variations autour de « grosse truie mal baisée » pour les autres, j'ai cessé la pratique des forums et ne m'en porte à vrai dire pas plus mal.

L'incipit est tout à fait décevant : une description. Comment, dans unc maison d'édition à ce point renommée, quelqu'un a-t-il pu sciemment accepter qu'un auteur commence son roman par une description ? En 2017, c'était hier !

> Se refusant obstinément à refléter le soleil de novembre, l'océan déchirait depuis des jours ses flots au rythme des ondes grises et blanches.

En toute objectivité, c'est mauvais ; un adverbe pour troisième mot, enfin, Frédéric, ce n'est pas convenable… Vous allez me faire regretter de vous avoir acheté ! Je sais bien que la première phrase n'est que rarement représentative d'un roman, on ne va pas refaire le débat du « Ça a débuté comme ça » du *Voyage au bout de la nuit*, mais tout de même, un si grand roman, le plus grand peut-être, qui commence par une phrase contenant deux fois le mot « ça » sur un total de cinq mots à peine, c'est à n'y rien comprendre, y a-t-il mot moins littéraire que « ça » ? Enfin, ne nous énervons pas, et revenons à vous, Frédéric le dragueur des salons du livre. Je vous laisse quand même votre chance.

Quatre verres de blanc. Je suis presque saoule. J'ai été transportée par ces *Charbons de paille*, je dois l'admettre. Les deux premiers verres, le serveur me souriait, et puis, en apportant les deux derniers, j'ai eu l'impression qu'il me jugeait. Conjuguer deux ivresses, sait-il faire mieux, lui ?

Le roman est à l'opposé de sa dédicace, subtil, jamais frontal avec les émotions de ses personnages, ni surtout avec celles du lecteur ; il narre l'itinéraire d'Ariane qui se rend seule en vacances d'été dans un lieu qu'elle pensait ne pas connaître, et qui va voir des impressions, puis des souvenirs ensuite, remonter à la surface. On ne sait bien sûr pas si tout cela est réel ou fantasmé, et là n'est d'ailleurs pas le propos. La grande originalité du roman est qu'il n'y a pas de personnage masculin, ni physique ni évoqué ; je n'avais jamais lu ni envisagé de tel procédé mais après tout, pourquoi un portrait de femme devrait obligatoirement tourner autour d'un homme – amant, mari, père, fils – comme si une *elle* n'existait pas sans un *lui* ? En 2017, année de la résurgence du #MeToo, ce concept fort – qui n'est pas qu'un concept – aurait selon toute logique dû générer une attention particulière autour du roman ; mais il est sorti en janvier alors que la vague néoféministe à base de hashtags a frappé les côtes masculines à partir d'octobre. Parfois être précurseur est plus nuisible qu'être suiveur, et il est en littérature comme en séduction : un léger retard à un premier rendez-vous assoit votre ascendant, tandis qu'arriver en avance traduit votre trop-plein d'enthousiasme, vous faisant mécaniquement perdre le charme de l'incertitude.

Toujours est-il qu'au-delà de cette idée forte, tout se tient parfaitement, et l'absence d'ombre masculine planant sur le récit ne se fait au final pas sentir ; à vrai dire elle se fait même oublier, ce qui rend l'exploit d'autant plus remarquable. On hésite tout au long du récit à être aux côtés d'Ariane ou à *être* Ariane, preuve d'une narration réussie.

Mais comment expliquer alors la lourdeur presque vulgaire de cette dédicace ? Eh bien, il me semble que tout cela était un malentendu. Pour la première fois, je relis une dédicace à l'aune du roman – et non l'inverse – et je me rends compte que cette maladresse est due à la spontanéité de sa rédaction ; j'imagine cette Salomé, altière, peut-être sublime, débarquer devant la table de cet auteur sans lecteurs, et lui, surpris doublement, a vu en elle non seulement la beauté, mais aussi ce qui l'anime, ce pour quoi il s'émeut : quelqu'un qui le lit. Alors subitement cette personne sera devenue un idéal, et Frédéric, déstabilisé, aura voulu la connaître, lui plaire, l'aimer et être aimé d'elle, et ce sera sorti comme cela, avec ces mots sincères, indignes d'un romancier certes, mais dignes d'un homme souhaitant être compris. Enfin, ce n'est qu'une hypothèse, je n'y ai pas vraiment réfléchi.

Cher Frédéric Hermelage, vos *Charbons de paille* vont trouver une place de choix dans ma bibliothèque ; ou sur ma table de chevet, peut-être. Je crois que je vais le relire, ce soir : un roman accompagné d'une tasse de thé n'a pas la même saveur qu'arrosé de quatre verres d'un blanc frais et floral – finalement lire un livre et parler avec un homme sont deux activités plus proches qu'on ne l'imagine.

Selon Wikipédia, Frédéric Hermelage n'existe pas, preuve de l'insuccès de son roman. Cela n'implique pas que celui-ci soit mauvais – si qualité littéraire et succès étaient corrélés, quid du Top 10 des plus gros vendeurs de livres en France ? – mais rend moins probable l'existence d'un ou plusieurs successeurs, qui permettraient à l'auteur d'être un jour à la tête non pas de quelques parutions mais bel et bien d'une *œuvre*. Une œuvre, selon moi, c'est à partir de dix romans, dont au moins deux ont connu un succès manifeste ; il me paraît dur mais juste de considérer que l'accoucheur de sept ouvrages tirés à mille exemplaires n'est pas l'auteur d'une œuvre, mais juste un écrivain, ce qui n'est déjà pas si mal. Avant que je délaisse les forums, cette réflexion m'a valu de la part de *lectricepassionneedu13* le qualificatif imagé de « fils de chienne leucémique » – mon pseudo épicène de *Charlie* pouvait expliquer le

« fils » ; s'agissant de « chienne leucémique », je n'ai jamais trouvé d'explication.

Le site internet de Grasset est un peu plus prolixe : j'y ai appris que Frédéric Hermelage avait trente-neuf ans, que *Charbons de paille* était son premier roman – de la vocation ou du talent, lequel était tardif ? –, et qu'un second avait paru il y a trois mois seulement, baptisé avec plus de bonheur *Rivages en aplomb*. Sa biographie était succincte, mais c'était le cas pour beaucoup d'auteurs, sur le site de cet éditeur.

*Frédéric Hermelage* est né en 1979. *Professeur de philosophie dans un lycée parisien, il est rédacteur à la revue* Les Études philosophiques. Charbons de paille *est son premier roman.*

Outre que la bio numérique n'était pas à jour de son second effort, je découvrais une chose : le physique avenant de l'auteur. Grasset ne s'y était pas trompé, et je découvrais aussi l'existence originelle d'un bandeau dont la moitié était réservée à un beau portrait de lui sur fond gris : brun, le cheveu moins long que le philosophe moyen, barbe très légère à la Gaspard Ulliel dont il a aussi la mâchoire ; nez fin et droit, à la Sean Connery jeune. Regard pénétrant, pas tout à fait noir, peut-être tirant sur le gris ou pire, sur le bleu. Séduisant. Très. Quel que soit le nombre d'exemplaires vendus, il est raisonnable de penser que la moitié s'est écoulée grâce à cette photographie.

Profitant d'avoir allumé l'ordinateur, je suis allée consulter sur babelio.com les avis de lecteurs concernant ce *Charbons de paille* qui m'a tant séduite. Quatorze critiques : c'est très peu. La quasi-totalité des contributrices a tout de même accordé cinq étoiles, la note maximale ; la plupart soulignent la finesse du propos, l'absence appréciable de recherche de grande histoire et de rebondissements façon séries Netflix – je ne saurais qu'acquiescer sur ce point – et la « douce amertume de la conclusion », avec le départ d'Ariane asséné sans la moindre explication, ce qui est selon *MarieDo* « finalement la meilleure des explications ». Seule (ou seul ?) *CamilleC* a détesté : une unique étoile, accompagnée d'un « pas de temps à perdre à écrire une critique, j'en ai déjà assez perdu à le lire » cinglant et plutôt savoureux. Deux lectrices profondément enthousiastes se démarquent : d'abord *Lucrécia37* qui assure que « suivre ces vies minuscules vous provoquera une émotion majuscule » ; et *Marionbook* concluant que « telle une aquarelle, la délicatesse de la plume vous dévoilera ses pastels chapitre après chapitre, pour créer une toile aux tonalités vibrantes : les couleurs de la vie ». Cette dernière critique étant datée précisément du jour de la sortie du livre, on peut soupçonner que *Marionbook* s'appelle en réalité Marion Hermelage, mère, sœur, cousine, en tout cas sa première admiratrice. Et si c'était sa compagne, voire sa femme ? Je n'avais pas imaginé que F.H. puisse être marié, mais après tout, statistiquement c'est très probable ! Marion Hermelage ? Non, ça ne sonne pas bien. Je n'y crois pas un seul instant.

Ne lisant plus de romans *vierges* depuis quelques années, je vais rarement dans les librairies classiques. La plus proche de chez moi a changé de propriétaire, semble-t-il, et c'est un jeune homme aux épaisses lunettes et au sourire mitigé qui m'a appris que *Rivages en aplomb* n'était plus en rayon dans sa librairie.

« Il ne se vend pas bien ?

— Non, j'en ai fait deux en six semaines, alors retour à l'envoyeur. »

Dieu, quelle vulgarité. Si même les libraires n'ont plus de respect pour le livre…

« Je peux vous le commander pour jeudi, sinon j'ai un collègue dans le 14e qui reçoit l'auteur pour une rencontre et dédicace, je crois que c'est dans dix jours.

— Ah oui, pourquoi pas ? Écouter un auteur parler de son livre c'est toujours intéressant !

— Apparemment Busnel a dit quelques mots sur le livre dans *La Grande Librairie*, un truc sympa, alors mon collègue, qui est en fait mon colocataire – c'est drôle, on se connaissait pas et on s'est retrouvé deux libraires dans une coloc de quatre, statistiquement dingue –, donc le collègue en question a lu le livre et a adoré, d'où la rencontre, je vous donne l'adresse si vous voulez ? »

Bien sûr que je veux. Je suis trop curieuse d'entendre F.H. parler de son roman, voire de l'entendre parler tout court. Sera-t-il séducteur avec son public que j'imagine, sans grand risque d'erreur, féminin pour l'essentiel ? Le pire serait je crois qu'il soit coutumier du fait, qu'il distribue les dédicaces flatteuses comme autant de roses sans odeur, non cela je n'ose l'imaginer.

Je me suis toujours refusée à me faire dédicacer un roman, pas un dans ma bibliothèque n'est destiné à ma personne ; quand il est arrivé que quelqu'un qui me connaît mal ou peu pense me faire plaisir en m'en offrant un, je l'ai toujours revendu – un livre ne se jette pas, et je n'ai jamais été à l'aise avec le don de livre. Donner un livre revient non seulement à laisser penser que l'œuvre qu'il contient n'a pas de valeur, mais surtout qu'elle n'a pas d'importance ; or il devrait en être avec un livre comme avec un couteau, il faudrait que l'on donne une pièce en échange, afin de se protéger de son pouvoir. Le pire étant pour moi le concept, en vogue il y a peu, des *boîtes à livres*, ces abominations ressemblant tantôt à des mangeoires à oiseaux, tantôt à des cabines téléphoniques à l'abandon, et invitant chacun à laisser ou prendre des livres, le tout procédant de l'affreuse idée que cette mise à disposition gratuite permettrait à ceux qui n'en ont pas les moyens, je cite, de « découvrir la lecture » ; or pour avoir ouvert quelques-uns de ces capharnaüms, la qualité des titres mis à disposition dégoûterait toute velléité d'un apprenti lecteur qui, en constatant l'alternance quasi militaire d'ersatz de *Cinquante nuances de Grey* (mais qui lit ça ?) et de *feel-good books* aux titres déshonorants (mais qui écrit ça ?), retournerait illico à son smartphone – et il aurait raison.

Pourtant je ne m'imagine pas me rendre à cette rencontre sans acheter un exemplaire du roman ; alors peut-être devrais-je l'acheter sans le faire dédicacer ? Mais si F.H. me voit faire il trouvera ça bizarre, c'est forcé, peut-être même insistera-t-il pour le dédicacer, à coups de « je suis là pour ça » souriants, et dans ce cas-là, que faire ? Surtout que s'il se prête au jeu des questions du public, je vais lui en poser une, forcément, et cet échange fera de nous des non-étrangers, et amènera naturellement à penser que la dédicace va de soi. Que tout cela est compliqué !

La solution serait peut-être de le faire dédicacer à quelqu'un, ainsi je peux le garder dans ma bibliothèque sans faillir à mes principes. Mais à qui ?

Ça y est, je me suis débarrassée de mes romans dédicacés par des auteurs célèbres. Il y en avait neuf, et les revendre n'a pris qu'une semaine. Je les avais apportés à Max, un de mes bouquinistes, mais dès qu'il a vu le Malraux dédicacé il m'a conseillé de mettre tout cela sur eBay. Tant d'honnêteté de sa part me surprend, car jamais je n'aurais imaginé mettre ces livres aux enchères, encore moins sur Internet ; et surtout, jamais je n'aurais imaginé en tirer autant d'argent – quoique les cent euros demandés pour le Dionys Mascolo auraient dû me mettre la puce à l'oreille. *L'Empreinte de l'ange* dédicacé par Nancy Huston avec simplement le mot « Tendresse » manuscrit, 50 euros. *Le Poids du monde* signé par Tristan Tzara, 110 euros. *La Tentation de l'Occident*, adressé par Malraux à un dédicataire illisible ? 450 euros ! Et le bouquet final : *L'Arrache-cœur* « avec toutes mes sympathies » griffonné à la hâte par Boris Vian s'est arraché à 1 700 euros !

Ce petit nettoyage de printemps m'aura rapporté, commission du site déduite, 2 462 euros et 20 centimes. Une bonne chose de faite, doublée d'un pécule inattendu qui me permettra de m'offrir quelques plaisirs, dont un week-end à l'hôtel – j'adore les hôtels, adolescente je rêvais d'être Simone de Beauvoir pour vivre dans les hôtels de Saint-Germain. Tiens, et si un jour j'allais passer une nuit dans l'hôtel le plus proche de chez moi ? J'ai toujours un bon anglais, je pourrais me faire passer pour une rentière du Worcestershire, et me faire monter thé sur thé.

Me voilà donc avec deux mille six cent quarante-six romans dédicacés.

Si on y réfléchit, c'est peu, une collection de deux mille six cent quarante-six items. Je tiens le compte sur des fiches bristol rangées dans des albums photo, ce qui est très pratique pour en avoir une vue ample et synthétique, jusqu'à huit bristols à la fois, à raison de trois à quatre livres par bristol ; et depuis peu j'informatise tout cela, tâche incroyablement rébarbative, mais qui m'autorisera, dans un futur proche, des recherches par mot-clé. Sur chaque fiche, titre et auteur, nom du *dédicaçant* et du dédicataire, suivis de la copie intégrale de la dédicace, bien sûr. Quand j'arriverai à trois mille, d'ici à deux ans j'espère, je ferai fabriquer une bibliothèque sur mesure pour la soupente du salon, il faudra juste que je trouve une autre place au guéridon, enfin, ce sera peut-être l'occasion de m'en débarrasser. Ainsi je pourrai consacrer entièrement ce nouveau pan de mur aux livres dédicacés par les non-auteurs, au lieu de les laisser mélangés comme c'est le cas actuellement. Il me tarde que tout cela se réalise : ce maëlstrom dénué de bon sens me cause du stress depuis trop longtemps.

Il est en effet deux grands types, deux espèces radicalement différentes de livres dédicacés : le livre dédicacé par son auteur pour un lecteur – le plus fréquent –, et le livre dédicacé par un lecteur à destination d'un autre lecteur. Cette deuxième sorte, rare, est de loin la plus propice au rêve et à l'enchantement.

Dans l'absolu, les prétendants à ma bibliothèque sont nombreux : il se vend près de cent millions de romans chaque année en France, et en imaginant que seulement un sur cent se retrouve affublé d'une dédicace, mon choix devrait être pléthorique ; cependant, les élus se cachent bien. Entre ceux qui les gardent et ceux qui les jettent, mon armée est déjà décimée ; ensuite, pour les survivants qui se retrouvent dans le circuit des bouquinistes, boîtes à livres, brocantes ou vide-greniers, peu d'élus contiennent un vrai message.

Bien sûr cette notion de *message* a été difficile à définir, j'ai tâtonné parfois, hésité longtemps, mais au final, c'est l'instinct, le jugement immédiat qui m'ont guidée, ce qui importe c'est qu'en lisant la dédicace l'on se pose des questions. Que l'on se raconte une histoire inédite.

Ainsi, la découverte en septembre 2008 d'un exemplaire du *Boulevard périphérique* d'Henry Bauchau me transperça le cœur : un certain Mehdi écrivait sous le titre du roman, en fines pattes de mouche « Ensemble, on le traversera un jour » le tout destiné à Maria. J'ai lu, relu la dédicace – elle m'a littéralement suspendue. Ces mots étaient si romanesques, tellement beaux, il y avait davantage d'histoire dans cette dédicace que dans le livre entier, et pendant des jours j'imaginais Mehdi et Maria, vivant de l'autre côté du périphérique, dans un immeuble des années soixante-dix ou quatre-vingt, je voyais la sueur sur leurs fronts, je les voyais s'endormir main dans la main, le soir, épuisés, rêvant à une vie nouvelle, à un appartement haussmannien et aux belles écoles où iraient leurs futurs enfants, les écoles publiques où l'on pratique l'équitation plutôt que le football. Et voilà, voilà comment un livre devient un chef-d'œuvre, pas le livre en tant que roman, mais le livre en tant qu'objet, *ce* livre, celui qui est entre mes mains, celui qui a gagné sa place dans les travées de ma bibliothèque aux vraies histoires.

Je sais parfaitement quand ma collection a débuté, je me souviens même de la date exacte, c'était le 9 mai 1997. Mais je n'aime pas me remémorer tout cela.

La rencontre avec F.H., c'est demain. Je suis ennuyée car j'étais persuadée d'avoir apporté ma robe Givenchy au pressing la semaine dernière, alors que pas du tout, elle était restée dans mon placard ; je l'ai essayée, et même avec un foulard discret, la petite tache sur l'épaule est beaucoup trop mal placée pour passer inaperçue. Cet imbécile, avec son toast au foie gras… Pourtant elle était parfaite, cette robe, je suis contrariée, vraiment idéale pour l'occasion, courte certes mais droite pour contrebalancer, un beau tweed, pas trop épais, sans parler des volants à l'encolure, on me complimente toujours sur cette robe, c'est trop bête. Et bien que je ne sois pas au fait du *dress code* exact pour une rencontre en librairie, je connais ma garde-robe par cœur, et je vais avoir l'air soit décontractée je-m'en-foutiste, soit trop habillée, c'est joué d'avance, ça n'ira pas. Je ne vais tout de même pas acheter une robe pour l'occasion !

Je me demande s'il faut arriver à l'heure. Je n'imagine pas un instant ce genre de rencontre débuter à dix-huit heures trente exactes, et je ne vais pas rester assise bêtement à attendre, cela fait groupie ou retraitée, non moi je veux arriver pile à l'heure où ça commence, allez, disons dix-huit heures quarante ; selon Google Maps il me faudra vingt-huit minutes d'adresse à adresse via le métro, j'ajoute le temps d'escalier, allez, disons que je partirai à dix-huit heures sept ou huit, car selon qu'on attrape le métro ou qu'on en voie le dernier wagon s'éloigner, ce sont deux à trois minutes qui se gagnent ou se perdent.

Le fait que F.H. ait deux ans de moins que moi m'ennuie ; d'autant que je suis dans la quarantaine et lui pas encore, et cette barrière me semble assez injuste car d'une symbolique forte. Qui s'intéresse à une quadra de nos jours ? Que des hommes à éviter, les « mauvais plans » comme les appellent les magazines féminins – que je ne lis pas, mais les filles me racontent : le quadra pas trop fraîchement divorcé, qui a vécu son petit revival avec une jeunette mais qui sachant qu'il ne tiendra pas la distance cherche une « bobonne bis » ; le quinqua sans le sou ; le jeune de vingt ans, éventuellement, qui regarde du porno en pensant à tort que la Milf du coin est plus cochonne que sa copine de fac qui a pourtant fait plus de parties fines le mois dernier que moi dans toute ma vie – ce que j'ai vécu de plus proche d'un plan à trois, c'est le chat qui regarde ; et ne parlons pas des sexagénaires et des septuagénaires – eux, depuis le Viagra, ils veulent tout et sont intenables. Tous ceux-là veulent bien d'une femme de quarante et un ans, mais pour de mauvaises raisons ; le trentenaire, lui, sentira le piège, saura qu'il a tout à perdre avec une quadra sans enfants. En somme, la quadragénaire est pour l'homme de trente ans un repoussoir à peu près équivalent à ce que le sexagénaire est pour elle – à ceci près que l'homme de soixante ans s'accroche à sa pilule tandis que la femme de quarante cherche à tout prix à l'arrêter.

J'espère être jolie. Longtemps les hommes me l'ont dit, et longtemps je les ai crus, mais aujourd'hui je ne sais plus. Déjà, je suis moins jolie qu'il y a quinze ans. À vingt-six ans, oui, je crois que j'étais belle, enfin belle, pas de la beauté des actrices, mais de celle des jeunes femmes souriantes et sûres d'elles, sûres de plaire, feignant de ne pas voir les regards quand on entre dans un restaurant, alors qu'au fond de soi on les guette, on les attend comme autant de validations de ce qu'on est, à chaque regard on s'ajoute mentalement un petit bâtonnet, comme au volley-ball quand il s'agit de faire des paquets de cinq ; on se dit que lorsqu'on aura cent carrés, peut-être, on se sentira mieux, élevée, victorieuse. Aujourd'hui je ne compte plus, je ne sais plus. On me drague parfois, et qu'est-ce que cela veut dire au final ? Rien, ou du moins, rien qui vaille. J'ai mis longtemps à comprendre cela ; c'était au travail, il y a sept ou huit ans.

À cette époque deux nouvelles sont arrivées au musée, deux filles approchant la trentaine, l'une très jolie et douce, l'autre différente, « grande gueule » disaient les gens, le physique un peu ingrat de celle qui ne cache pas ses défauts, voire qui les accentue à coups de maquillage excessif et de tenues qui la boudinent, sans qu'on sache si c'est volontaire ou juste un aveuglement à elle-même ; toujours est-il que Léa, la douce, était éternellement célibataire. Jamais courtisée, ou rarement, si bien qu'elle s'accrocha au premier venu : un homme qui n'avait ni sa valeur ni sa finesse, elle le savait et je le savais ; quand on aime le cinéma de Bergman on n'est pas à sa place entre des bras tatoués à l'effigie du Paris Saint-Germain. Laura, elle, a enchaîné les beaux garçons, pour se fixer avec un trentenaire charmant, belle situation, doux évidemment et qu'elle traite avec un manque de considération qui fait peine à voir ; mais lui semble y trouver son compte, et lorsque je l'interroge du regard, quand sa visite impromptue bouquet de fleurs à la main n'a pas l'effet escompté, il hausse les épaules en cachant sa déception derrière un sourire d'enfant. Léa en a un maintenant, d'enfant, un garçon de cinq ans, qui ressemble à son père et qui se prénomme Enzo – devinez qui a choisi le prénom. Quand le garçonnet vient nous rendre visite avec ses petits survêtements Nike, je lis bien dans l'œil de Léa qu'elle aime son enfant infiniment, mais avec une pointe de tristesse. Une fille, elle aurait pu la sauver, l'attraper par la manche et la tirer vers elle à grand renfort de livres de La Bibliothèque rose et de promenades dans les musées ; un garçon, c'était peine perdue, à peine né son père voyait en lui un partenaire de foot et de PlayStation ; restait à espérer qu'Enzo devienne un homme gentil, ce qui n'était pas gagné d'avance. Un homme gentil, c'est beaucoup pour une femme, mais bien peu pour une mère.

Les affichettes en vitrine me disent que je suis au bon endroit ; je fais mine de regarder les livres qui y sont exposés, censés en dire long sur le bon goût du libraire. Dans une petite librairie parisienne, le propriétaire se doit d'être un découvreur de talents très pointu, à même de conseiller une clientèle se considérant elle-même comme pointue, voire pure – acheter un livre estampillé Mercure de France dans une petite échoppe indépendante est aujourd'hui vu comme un acte de résistance culturelle, voire de résistance *tout court*. Mais pour vivre il faut aussi écouler du Michel Bussi, alors on les empile par dizaines dans un coin près de l'entrée, à droite, sur un petit tréteau où ils côtoieront Marc Levy et Virginie Grimaldi ; coin où les habitués ne vont jamais, de peur d'être contaminés par la médiocrité ou pire, d'être surpris là par un autre habitué – le syndrome de la sortie du sex-shop.

Je compte dix-sept chaises, et une quinzaine de personnes – dont deux hommes – à l'intérieur. J'entre. Il est dix-huit heures trente-sept et la rencontre n'a pas débuté ; celui que je suppose être le libraire, look hipster donc *has been* qui s'ignore, sort une fiche de sa poche, « je vous propose que nous commencions notre rencontre avec l'auteur, si vous voulez bien vous asseoir », et l'on n'a pas le temps de se diriger vers les chaises que F.H. apparaît, venu de nulle part, comme s'il était resté caché au fond de la boutique pour ne pas se retrouver déjà mêlé au public, « Frédéric Hermelage revient tout juste du Forum du livre de Saint-Louis où il a remporté le prix du meilleur roman, si je ne me trompe pas ?

— Oui, j'ai beaucoup de chance, bonjour à toutes et tous, merci d'être venus, merci beaucoup. »

Quelques félicitations dans le public qui s'assoit, un début d'applaudissement non suivi, et Frédéric qui, enfin calé dans son siège métal et coussins noirs, nous regarde tous successivement. « Alors, ça fait quoi d'être un auteur primé ? » reprend le libraire avec enthousiasme, comme flatté dans sa clairvoyance, comme si le prix littéraire entérinait son choix d'inviter Frédéric Hermelage, « Écoutez, ce n'est pas le Goncourt mais ça fait plaisir !

— Pas encore, mais ça viendra !

— Pourvu que le dieu des livres vous entende ! »

Quelques rires, tout cela commence sous les meilleurs auspices, je compte maintenant quatorze personnes assises et quatre debout, dont trois hommes, c'est étrange qu'ils n'occupent pas les trois chaises restantes, peut-être travaillent-ils assis toute la journée et qu'ils en ont assez, ou alors, s'asseoir serait une marque d'intérêt trop forte envers l'auteur, tandis que debout, on est là un peu par hasard, à peine arrivé, sur le point de partir. « Pour entrer dans le vif du sujet, Frédéric Hermelage, pouvez-vous en quelques mots présenter votre nouveau roman à celles et ceux qui ne l'ont pas encore lu ?

— Oh, difficile exercice que vous me demandez là ! Autant j'espère savoir écrire, autant je suis persuadé de ne pas savoir *pitcher* !

— Non rassurez-vous, je ne vous demande pas un pitch, mais juste quelques mots pour faire connaissance avec votre roman. » On voit bien que Frédéric n'en a pas envie, le libraire aurait dû le sentir, et faire la présentation lui-même, après tout, c'est son rôle, non ? « Et si je vous demandais, à vous, de le présenter ? Il paraît que vous êtes connu pour donner envie de lire à tous vos clients ! » Une partie de l'assistance acquiesce avec gourmandise, bien joué Frédéric ! J'aurais fait exactement la même chose, du moins, j'en aurais eu l'intention, les bonnes répliques me viennent toujours trop tard – le lendemain parfois. « Avec plaisir, bien sûr, je vais essayer. *Rivages en aplomb*, c'est pour moi un roman de désapprentissage, j'invente peut-être le terme mais il colle parfaitement à votre texte, qui est le contraire d'un roman d'apprentissage ! » Haussement de sourcils étonné de Frédéric, qui ne s'attendait visiblement pas à ça, et petit sourire victorieux du libraire, qui avait évidemment préparé son coup ; et je crois comprendre que nous allons assister au pénible spectacle non pas de la discussion mais de l'entretien, où celui qui pose les questions est persuadé d'avoir toutes les réponses, en tout cas des réponses supérieures à celles de l'invité. Un combat de coqs, en somme, mais sans avoir l'air d'y toucher, avec échange de sourires et d'amabilités veules. « En effet, votre héroïne, d'ailleurs il s'agit là encore d'une héroïne, ce n'est pas innocent mais nous y reviendrons tout à l'heure, votre héroïne doit tout désapprendre afin de peut-être réussir à comprendre le monde dans lequel elle vit, et ce désapprentissage, donc, cette déconstruction de ce qu'elle a toujours cru être la vérité, sa vérité, elle va le faire sur les bords de la Neva, à Saint-Pétersbourg, enfermée au dernier étage d'un grand hôtel d'une autre époque. C'est de là que vient le titre, du haut de sa fenêtre elle voit les berges du fleuve, les rivages en aplomb, est-ce que ça vous va, comme présentation ?

— Je ne l'aurais pas mieux dit, vous voyez que j'ai bien fait de vous demander ! »

Frédéric n'en pense pas un mot, je suis sûre que le terme *désapprentissage* ne lui plaît pas, mais il ne peut pas désapprouver celui qui est censé lui servir la soupe pendant une heure. « C'est donc un destin de femme », reprend le libraire sans que Frédéric ait eu le temps d'enchaîner, « ou plutôt une femme qui cherche un destin, peut-être en se détachant de son histoire, justement ». Frédéric acquiesce d'un beau sourire feint, l'autre rayonne et il est détestable ; il fait partie de ces hommes qui croient que s'ils le voulaient, ils feraient tout mieux que tout le monde, il doit d'ailleurs être persuadé que ce livre, il l'aurait mieux écrit, lui, s'il avait eu envie d'écrire – il écrira, un jour, et il leur montrera, à tous, ce qu'est la littérature, avec tout ce qu'il lit, il sait quoi faire et comment le faire. Le genre d'homme convaincu d'être une bête de sexe parce qu'il se gave de porno, et qui vous abîme l'intérieur avec ses ongles en jurant que grâce à lui vous allez découvrir que vous êtes une femme fontaine.

Cet homme me lasse, je ne vais pas écouter la suite de son exposé, et me concentrer plutôt sur Frédéric qui, lui non plus, ne semble pas décidé à porter toute son attention sur le voleur de vedette. Il regarde le public, surtout les trois filles du second rang, je les ai repérées tout de suite celles-là, la vingtaine, trop apprêtées pour être honnêtes, venues ensemble certainement, elles doivent faire partie d'un cercle de lectrices à l'université ou pire, être blogueuses voire *bookstagrameuses*, elles se sont trahies en s'asseyant avant tout le monde mais au deuxième rang – pourquoi s'asseoir au deuxième rang alors que le premier est libre, si ce n'est par calcul, pour ne pas paraître groupies tout en voyant bien et en étant bien visibles –, tout est calculé évidemment, et elles sourient et papillonnent de l'œil, j'ai dû savoir faire cela, à une époque. Il me regarde aussi, il m'a adressé un sourire accompagné d'un petit hochement de tête, tout à l'heure, c'était au moment où il est arrivé, j'étais encore debout, il a eu un petit arrêt en me voyant, enfin était-ce moi ou ma nouvelle robe je ne sais pas, les deux j'espère, je suis tellement heureuse d'avoir une nouvelle robe préférée, même si elle a bien grevé mon pécule *week-end à l'hôtel*. Toute femme se doit d'avoir *sa* petite robe noire, eh bien ça y est, j'ai la mienne, elle a un col de soie et elle est signée Roberto Cavalli – je crois que tout est dit.

Frédéric est différent de la photo de Grasset ; j'oserais dire qu'il est plus beau. Ses yeux ne sont pas gris-bleu mais bel et bien verts, il faut avouer que cela ajoute un petit quelque chose, c'est toujours troublant les yeux verts, j'ai connu un garçon à la fac, du jade dans le regard, un tombeur. Frédéric est assez grand aussi, je suis rassurée, il doit approcher le mètre quatre-vingt-cinq, comme Laurent je crois, c'est pour moi la taille idéale, je fais tout de même un mètre soixante-seize et supporte les talons de sept centimètres ; Laurent paraissait toujours à l'aise à mes côtés, il faisait un mètre quatre-vingt-quatre exactement, même impression que Frédéric, si ce n'est que Laurent était moins fin, j'aimais les hommes mieux en chair, à l'époque. Cette première partie de rencontre m'ennuie, vivement les questions du public.

« Bonjour monsieur Hermelage, j'ai découvert votre roman la semaine dernière grâce à François Busnel qui a dit dans son émission que vous étiez "un auteur à suivre", vous avez dû être flatté, non ? » Dieu que c'est mauvais, comme première question. Madame, je serais vous, je ne serais fière ni de mon intervention ni de ma tenue – qu'est-ce que c'est que ces mi-bas marronnasses ? « Oui, bien sûr, vous savez aujourd'hui tout roman est noyé parmi des centaines, des milliers d'autres, et face aux paquebots qui sillonnent les plateaux télé, parfois une petite bouée vous arrive ; mon éditeur m'a appelé, hier, et nous avons eu une hausse de la demande du livre, c'est vrai. J'espère maintenant qu'il m'invitera dans son émission ! » C'est étrange, je ne sens pas Frédéric à l'aise ; il n'a pas l'air d'être vraiment là. Je ne saurais l'expliquer, comme si je ressentais sa lassitude, une sorte de connexion entre lui et moi. Et voilà que la plus jolie du trio des groupies lève la main, je m'attends au pire. « Quelles sont les conditions d'écriture idéales pour vous ?

— Ah, c'est intéressant, parce que je pense qu'il ne faut pas que les conditions soient idéales, justement, car l'écriture ne doit pas l'être, c'est dans l'inconfort que l'acte d'écrire prend sa vraie dimension, enfin, à mon avis ! Je ne sais pas si vous posez la question car vous écrivez vous-même, ou si vous en avez envie, mais je vous déconseille le bon vieux fauteuil bien moelleux et confortable ; au contraire, une chaise plutôt dure, c'est bien mieux. J'ai acheté une vieille chaise de terrasse de café, moi, en bois toute simple, et j'ai retiré un des tampons sous un pied pour qu'elle soit un peu bancale, et si je ne veux pas ressentir le déséquilibre, je dois un tout petit peu forcer sur le côté avec mon bassin. Cet inconfort est idéal, pour moi. Écrire ne doit pas être une activité agréable, sinon on prend le risque d'écrire des romans agréables, et ça n'est pas ma vision de la littérature. » Ça y est, on est entrés dans le vif du sujet, on n'est plus dans la promo bête, on parle création, conditions de la créativité. Frédéric s'est animé, tout d'un coup, il s'est redressé, il a parlé avec passion, et il a été passionnant, forcément, d'ailleurs tout le monde a acquiescé, à la fin ; même le libraire semble changer de regard sur lui. Dommage que ça soit grâce à la question de Miss Vulgaire, j'espère du reste que Frédéric n'associera pas de manière inconsciente cette fille à son discours brillant.

Je pense que je dois lui poser une question, mais je ne veux pas d'un truc bateau ou d'une réflexion de fan transie, non, je voudrais quelque chose d'original, mais sans chercher à être trop brillante, il n'y a rien de pire – quand une question paraît très intelligente, c'est souvent qu'elle ne permettra pas à la réponse de l'être. Et si je lui demandais de me parler de ses séances de dédicaces ? Ce serait drôle ; d'abord je pense que les lecteurs ne posent jamais de questions de ce genre, ça le changerait, et ensuite, jamais il ne pourrait deviner que j'ai eu ce livre entre mes mains, que je sais de quoi il est capable, que je connais sa faiblesse. Il croira à une question innocente. « Vous pouvez nous citer trois auteurs qui vous inspirent ? », mon Dieu, comme c'est inintéressant, enfin, monsieur, tout le monde sait que l'inspiration est un mystère, et si jamais Frédéric a un auteur fétiche dont il lui arrive de s'inspirer, il ne vous le dira jamais ; question inutile, donc – et posée par le seul homme qui s'est assis, ça doit vouloir dire quelque chose. Frédéric fronce légèrement les sourcils, dévoilant une ride du lion creusée, intéressante, « bonne question », on dit ça quand on doit réfléchir avant de répondre, prouvant de fait que la question n'est pas bonne, « je dirais Nabokov pour l'audace, Modiano pour l'épure du style et, au risque de vous surprendre, Charles Péguy, enfin, surtout le Péguy des débuts, bien sûr ». Cette dernière précision semble rassurer une dame du premier rang, qui s'était un peu redressée, prête à bondir, mais tout est rentré dans l'ordre, semble-t-il. Nous voilà bien avancés. Et si c'était le moment ? « Vous souvenez-vous d'une dédicace qui vous a particulièrement marqué ? » Il me sourit. « Oui, j'avais huit ans, j'étais allé avec mon père à un salon du livre, à Paris je crois, et j'avais eu un petit dessin de Batem, un Marsupilami évidemment, c'était ma toute première dédicace et je l'ai toujours ! » Non, non, non, ce n'est pas du tout ce que je voulais savoir, je parlais d'une dédicace faite par lui, mince, et je ne peux plus lui expliquer, je passerais pour quelqu'un qui ne sait pas s'exprimer, maman me répétait toujours que « ce que l'on conçoit bien s'énonce clairement », je n'avais qu'à mieux réfléchir à ma question, tant pis pour moi. « Non, en fait je…

— Oui, le monsieur derrière ? »

Quelqu'un d'autre a levé la main, c'est fini. Quelle nulle. Je suis toujours comme ça, je n'anticipe pas, je crois que les gens vont me comprendre, et puis pas du tout, vraiment ce moment résume bien ma vie, il est typique de mon rapport aux hommes, je parais toujours moins profonde que je ne le suis, c'est insupportable, mais je ne peux blâmer personne d'autre que moi-même.

Le libraire a sorti deux bouteilles de vin (un rouge a priori médiocre et un blanc qui fera l'affaire) et un jeune restaurateur voisin a apporté quelques « croquants de carotte et betterave bio frits dans l'huile de canola bio également donc sans raffinage chimique » qu'il distribue à tout le monde non sans attendre en retour des commentaires forcément élogieux sur sa création ; enfin, ce ne sont que des chips de légumes. Je me suis mise dans la file en sixième position, il y a cinq personnes derrière moi, c'est parfait, ainsi rien ne peut paraître calculé, je suis une *lambda* sans intention particulière, ni fanatique ni trop indifférente. Je suis par ailleurs la plus grande, c'est toujours agréable. Les trois filles se sont mises en dernier, bien sûr, dans l'espoir évident d'avoir plus de temps pour parler avec lui, de se l'accaparer, comme c'est puéril. En plus le restaurateur n'arrête pas de leur proposer ses Vico sans sel, et le libraire se déplace lui-même pour leur apporter des verres de rouge, c'est consternant comme savent l'être les hommes.

C'est à moi. J'espère que je ne suis pas trop maquillée, en sortant j'ai vérifié, la lumière de la vitrine en face de mon immeuble est différente de celle de ma salle de bains, je vois mieux les couleurs, de façon plus précise, et il me semble que mon teint et mes yeux étaient parfaitement naturels. Salomé portait-elle une robe noire, au moment de sa dédicace ? Souriait-elle de toutes ses belles dents, ou au contraire était-elle réservée, ce qui aurait fait craquer Frédéric qui doit j'en suis sûre aimer les femmes discrètes ?

« Bonjour.

— Bonjour. Ce serait pour moi.

— Et quel est votre prénom ?

— Claire. »

Il écrit. Je préfère ne pas lire en même temps, ça donne l'air empressé ; je regarde ses mains, elles sont longues et fines, la peau doit être douce. Je vois sur le haut de son crâne quelques cheveux blancs, c'est normal à son âge, mais ils restent clairsemés, sa chevelure est pour l'essentiel brune et épaisse. « Voilà, Claire, merci beaucoup. » Quel beau sourire. « C'est moi. » Je pars vers l'arrière de la boutique me faire servir un verre de blanc, vu que le libraire ne s'est pas déplacé pour moi, et j'en profite pour lire la dédicace.

*Pour Claire,*
*avec toutes mes amitiés.*
*F.H.*

C'est incroyablement succinct. Lapidaire, non ? et tellement impersonnel. Fait-il cela à tout le monde, ce soir ? Il est en train de faire une dédicace à la première des trois glousseuses, je m'approche, autant que possible, l'air absorbée par mon téléphone. Je ne parviens pas à lire, je suis trop loin, mais il a rempli trois lignes pleines, et sa copine rit en lisant ; je pars.

J'ai jeté le livre dans la poubelle du bas de mon immeuble ; je ne pouvais pas accepter ça. Mon vin blanc est tellement supérieur à celui de la librairie, j'aurais passé une meilleure soirée ici, tiens, sans gâcher mon temps et la première sortie de ma robe.

Ce que Frédéric a fait est inacceptable ; et je ne prends pas cela de manière personnelle, non, moi je m'en fiche, je dis ça pour lui, c'est tellement peu professionnel de faire des dédicaces pareilles pour quelqu'un qui s'est déplacé à une rencontre, vous a écouté, posé une question, et a dépensé dix-huit euros pour vous. Dans le cas d'un auteur populaire signant des livres à la chaîne lors d'un salon du livre façon Salon de l'agriculture, à la limite ; mais là ! Frédéric tu n'es encore personne, en littérature, et tu devrais soigner ton lectorat, sinon tu ne deviendras jamais quelqu'un. Il n'y a eu personne pour te l'expliquer, ça ? Non, sans doute que non, pas la moindre attachée de presse n'était présente ce soir ; Frédéric tu es venu seul, et du haut de ton inexpérience tu auras voulu aller vite, ne pas trop faire attendre, alors que c'est cela le succès, Frédéric, c'est faire attendre, plus le lecteur attend ta dédicace plus ton livre devient important, et toi encore plus, alors non, ce n'est peut-être pas de ta faute, ton éditeur aurait dû t'expliquer, toi tu es un artiste, tu n'as pas la tête à ça, et même si je te comprends sache que tout le monde n'est pas comme moi, pour certains ce serait impardonnable.

Mais pas pour moi. Je vais le lire quand même, ton livre. Mais demain, parce que j'ai peut-être un peu trop bu et je ne me sens pas de faire les dix étages, là tout de suite. À croire que l'alcool me provincialise.

Je n'ai pas récupéré le livre, ce matin ; si quelqu'un me voyait fouiller dans les poubelles, non, impossible, et puis la dédicace étant ce qu'elle est, c'est pour le mieux, au final. J'aurais eu le temps de lire, pourtant, on installe une nouvelle expo depuis ce matin, c'est assez vilain selon moi mais je n'ai pas un goût très sûr en photographie – quand toutes les filles s'extasient à l'unisson moi je fais la moue, et quand elles mégotent je suis transportée – ce qui ne m'a jamais empêchée d'exercer correctement mon métier, enfin lors de ces moments de frénésie unanime je prends du recul, et un livre aurait occupé mon temps de belle manière. L'exposition qui se prépare met en vedette une jeune Américaine, dans les vingt-cinq ans, artiste photographe/peintre/plasticienne bien évidemment tourmentée, qui s'essaie aussi au court-métrage et prépare son premier album country/électro arty – comment faisaient ces gens avant l'invention du *slash* ? –, bref, elle ne sait à peu près rien faire correctement mais a eu le talent d'évoluer dans le *bon milieu* ; ce qui veut dire qu'elle en avait les codes, ce qui signifie que ses parents les lui ont transmis, ce qui sous-entend qu'ils sont d'un milieu très privilégié, riches à coup sûr, et comme il se doit mademoiselle dénonce à travers ses œuvres « les dérives de la société de consommation ». Par exemple, son œuvre phare est un triptyque de photographies : photo 1, on voit un petit garçon asiatique qui fabrique, nu, des vêtements visiblement chauds ; photo 2, un homme blanc en costume lui donne un billet d'un dollar ; photo 3, enfin, on voit le garçon toujours nu grelottant dans la neige face à un étal de pulls à cent dollars tenu par l'homme blanc en costume, son pauvre billet à la main. Voilà. Outre les multiples faiblesses et contresens de l'œuvre, cette dénonciation façon *Martine découvre le syndicalisme* est surtout d'un inesthétisme rare, les photos sont laides, mal éclairées, blafardes ; mais on m'expliquera que c'est pour refléter la laideur du monde – argument *trou noir* qui avale tous les autres –, et je ne pourrai rien rétorquer, donc je ne dis rien, je ne dis plus rien depuis longtemps sur la jeune génération de photographes, au fond, seuls les photographes de mariages et baptêmes me semblent honnêtes au final. Peut-être faudra-t-il que j'admette un jour que je déteste la photographie d'art, mais ce serait reconnaître que mon métier n'a pas de sens pour moi et là, en plus du reste, cela ferait peut-être beaucoup.

La littérature reste à mes yeux le seul art véritablement démocratique, authentiquement de gauche, car si les plus grands chefs-d'œuvre de la peinture s'arrachent aujourd'hui pour des centaines de millions de dollars, le plus grand chef-d'œuvre de la littérature – *Les Hauts de Hurlevent*, je n'accepte pas le débat à ce sujet – se négocie à 5,90 euros au Livre de Poche. Bien sûr, *Voyage au bout de la nuit* est supérieur aux *Hauts de Hurlevent*, mais dans ses deux premiers tiers uniquement – pour moi *Voyage au bout de la nuit* se découpe en trois tiers, comme un cigare : au début le foin, au milieu le divin, et tout à la fin, le purin. Je fume rarement le *Voyage* jusqu'au bout ; d'ailleurs, c'est à l'issue du deuxième tiers que le voyage prend fin avec la sédentarisation dramatique de Bardamu, ceci expliquant cela. Ayant un fort instinct d'autopréservation, je n'ai jamais fait part de cette analyse sur les forums de lecture.

Mais qui est cette Salomé, à la fin ? De quelle sorte est sa beauté pour avoir provoqué pareille effusion manuscrite chez un homme qui intériorise tant ? Tout de même, il a laissé son numéro de téléphone dans le livre ! À même la page de titre ! C'est impensable… J'ai demandé Frédéric en ami sur Facebook hier – j'ai décidé par la même occasion de laisser mon ordinateur allumé et de lui faire une petite place sur mon buffet –, il a accepté dans l'heure ; il ne doit pas crouler sous les demandes étant donné qu'il n'a que huit cent vingt-trois amis alors que son inscription sur le site date de février 2007. J'ai fait une recherche dans ses relations : pas de Salomé. Cela doit vouloir dire ce que je pense depuis le début, cette fille n'a jamais donné suite, elle a revendu ou donné le livre, sinon il aurait eu une valeur sentimentale à ses yeux, elle ne s'en serait jamais débarrassé. À sa place, j'aurais donné suite ; quoi de plus flatteur qu'un romancier qui vous ouvre son cœur ? Mais si elle est à ce point belle, mystiquement belle peut-être, elle n'aura vu là qu'un vain compliment de plus à ajouter à la liste des laudations quotidiennes qu'elle reçoit, et le fait qu'il émane d'un écrivaillon ne change rien à l'affaire, voire, ce peut être un élément aggravant – par nature, un écrivain n'est pas *un gagnant*. Ce doit être incroyable d'être une femme comme cela, à la beauté inatteignable, au magnétisme violent, la vie doit être différente – le monde doit être différent. Je pense sincèrement que la beauté éclaire le monde ; le monde des beaux évidemment. Nous autres, de moches à jolis, faisons ce que nous pouvons : moi, j'achète des livres. Dédicacés, s'entend.

On m'a demandée en mariage trois fois. Les deux premières demandes étaient des tentatives de reconquête désespérées d'amants éconduits qui n'avaient plus rien à perdre sinon leur dignité ; la troisième, j'aurais dû accepter, mais j'avais trente et un ans, je pensais que l'avenir me réservait plus, me réservait mieux, j'aspirais à autre chose qu'être l'épouse d'un prothésiste dentaire de Goussainville ; aujourd'hui il est marié et sa femme attend leur deuxième, une petite fille d'après la vidéo Facebook où ils ouvrent dans leur jardin à la pelouse impeccable un grand carton qui laisse échapper des ballons roses sous les applaudissements et cris stridents de couples d'amis que je ne lui connaissais pas. C'est après lui que j'ai rencontré Laurent, deux mois après très exactement, ça m'a frappée, le 13 janvier je quitte Nicolas et le 13 mars, Laurent et son petit mot, son fameux petit mot glissé dans ma main, une curiosité, au départ, comme un jeu, et puis cet amour fou, comment un homme peut-il vous envoûter au point de pouvoir tout quitter pour lui, car la vérité est là, j'aurais pu tout quitter pour Laurent – le fait est qu'il ne me l'a jamais demandé. Laurent ne m'a jamais rien demandé, sinon d'avoir toujours de l'Aberlour dix ans d'âge chez moi, de me raser intégralement le pubis, de me débarrasser d'Edgar, et de regarder les tutoriels YouPorn pour apprendre à faire un massage de la prostate. C'est peu, en six ans de relation.

Je pense que pour Salomé, Laurent aurait quitté sa femme. Certaines femmes peuvent tout avoir, elles n'ont même pas à demander : un homme pour elles toutes seules ; les compliments irréfléchis d'un autre, tous ses regards, toute son attention. Ce doit être agréable, d'être Salomé. Non, ce doit être agréable, *Salomé* – Salomé est un état.

Bon, soyons synthétiques : fort probablement, Frédéric n'a jamais eu de nouvelles de Salomé, après sa tentative pathétique ; ce qui implique qu'il ne l'aura pas oubliée. De son côté, Salomé est ailleurs, ces femmes-là ne sont que de passage. Qu'est-ce que je risque ?

Alors, nouveau contact, Frédéric Hermelage, non, je vais mettre F.H. seulement, on ne sait jamais. Numéro de mobile, 07 66 44 19 46, valider, oui. Bon. Nouveau message, valider, contact, F.H., valider.

Bonjour, c'est Salomé.

Autant faire simple. Ne reste qu'à attendre une réponse.

Il n'aura pas traîné : huit minutes seulement. Bien mieux que la réponse à ma demande d'ami Facebook.

Salomé ?

Oui, Salomé du salon du livre. Vous vous souvenez ?

Comment vous oublier…

J'en étais sûre. Là il ne doit pas en revenir, il doit se demander ce qui lui arrive, se demander pourquoi aujourd'hui, si c'est grâce à son second roman, à François Busnel, au hasard. Je continue.

Vous me rassurez. J'ai été longue à vous écrire, pardon.

Vous êtes toute pardonnée. Je ne m'attendais pas à vous parler à nouveau, votre silence a été interminable…

À ce point ?

Dix-sept mois exactement. Une éternité.

Il a compté les mois. C'est dire si elle est belle. Il a aussi compté les jours, j'en suis sûre.

Où êtes-vous, Salomé ?

Ah, il me prend de vitesse. Si je dis que je suis à Paris, il va vouloir me voir tout de suite.

À Rio.

J'ai souvent rêvé d'aller à Rio, mais le taux de criminalité m'en a invariablement dissuadée.

Qu'y faites-vous ?

Vacances. Je fais le point.

Sur ?

Ma vie.

Lorsque vous faites le point sur votre vie, vous pensez à moi ?

Ah le salaud ! Il m'a eue. C'est bien joué, je dois le reconnaître.

Je relisais votre livre, et j'ai vu la dédicace. Je l'avais oubliée.

Voilà qui t'apprendra à faire le malin, mon cher Frédéric.

Vous venez de la relire ?

Oui, en ce moment même.

Je n'en reviens pas. Savez-vous que l'héroïne de mon nouveau roman se prénomme Salomé ?

Non, je ne savais pas, puisqu'il se trouve dans la poubelle en bas de chez moi.

J'ignorais qu'un autre roman existait. Je vais me le procurer, je suis très flattée.

Vous ne le trouverez pas à Rio, donnez-moi votre adresse, je vais vous l'envoyer.

Mince.

Je décolle dans trois jours, cela sera sans doute trop juste.

Donnez-moi l'adresse de votre prochaine destination. Je l'envoie dès aujourd'hui.

Je vous contacterai dès que je reviendrai en France.

Vous promettez ?

Oui. À bientôt, Frédéric.

Je veux vous voir très vite.

Je ne réponds pas bien sûr, une femme comme Salomé n'envoie jamais le dernier message ; et dans la vie, au contraire, elle a toujours le dernier mot. Tout cela est très logique.

Pendant la rencontre à la librairie, pas une fois le prénom de l'héroïne de *Rivages en aplomb* n'a été prononcé, je suis donc surprise d'apprendre qu'il a choisi Salomé. Je suppose que cela était calculé, plus qu'un hommage, il a envoyé son livre comme une bouteille à la mer, espérant atteindre sa bien-aimée en plein cœur. J'ai donc confirmation que le coup de foudre peut exister chez le mâle, j'en ai toujours douté pourtant ; à mes yeux le coup de foudre était une prérogative féminine, à l'instar du mascara ou des règles douloureuses.

Je me suis toujours demandé comment un auteur choisissait les prénoms de ses personnages ; ce doit être un art difficile – pour preuve, il existe sur Internet des générateurs non aléatoires de noms de personnages. Autant cela doit parfois être mûrement réfléchi, comme c'était le cas pour Shakespeare qui allait dit-on jusqu'à en inventer, autant d'autres fois, si nous savions d'où vient l'inspiration, je suis certaine que nous serions déçus. Et si au final la petite Scout de *Ne tirez pas sur l'oiseau moqueur* tenait son surnom du chien de Harper Lee ? Pire, de son premier hamster, petite boule de poils trop tôt disparue ? Non, vraiment, comme pour à peu près tous les mystères de la création, mieux vaut ne pas savoir. À la lecture de *Charbons de paille*, j'ai été frappée que Frédéric ait choisi de prénommer son héroïne Ariane, j'y voyais un hommage à la flamboyante *Belle du Seigneur* ; je me demande maintenant si elle n'était pas simplement une femme qu'il avait envie de trousser à l'époque de la rédaction du roman. Il faut que je cesse de ne prêter qu'aux riches ; mais je laisse à Frédéric le bénéfice du doute.

J'ai reçu un message de Frédéric, à deux heures du matin.

Pourquoi me faites-vous ça ?

Était-il saoul, sujet à l'insomnie ? En tout cas, remué par ma réapparition, obsédé, presque. J'ai longtemps réfléchi, écrit de nombreuses réponses aussitôt effacées, avant de me décider pour un sentencieux et joueur :

C'est vous qui avez commencé, Frédéric.

Je n'ai pas eu de réponse. Encore une victoire ; ensuite, je n'ai pu cesser de penser à lui et je n'ai plus fermé l'œil, moi non plus.

# AVEC ELLE

Les filles n'en sont pas revenues, que j'aie acheté un iPhone. J'ai toujours critiqué leur goût du rien, leur appétence au vide, même si de temps à autre j'aimais à regarder avec elles les *stories* Instagram de quelques connaissances du milieu de la culture ; aussi jamais je n'aurais imaginé faire la démarche, puis aimer, et finalement devenir accro – le tout en une petite dizaine de jours. Je joue encore un peu les bégueules devant elles, arguant qu'aujourd'hui on ne peut plus rien faire sans smartphone, ni payer ses impôts ni réserver une place de théâtre, que maintenant tout passe par les sacro-saintes applications, bientôt les grandes marques n'auront plus de site internet, juste des *applis* ; et Léa a fini par approuver, ajoutant que cela avait *déjà* commencé. Reste qu'entre la robe et l'iPhone, le week-end que je souhaitais m'offrir risque d'être plus chiche que je ne l'imaginais, et la bouteille de champagne que je me voyais boire allongée sur le lit *king size* sera celle de la honte, c'est-à-dire achetée en supérette et montée discrètement dans la valise au lieu d'être commandée à la réception via la phrase la plus délicieuse qui soit : « Faites-moi monter une bouteille de champagne, je vous prie, avec une seule coupe. » Mais le jeu vaut bien ces quelques sacrifices ; il faut dire que Frédéric m'écrit beaucoup, plus de deux cents messages, déjà, et pour ma part je lui en ai envoyé soixante-sept – le ratio me paraît bon. Il trépigne, je le sens bien, veut me voir plus que tout. Magnanime, je lui ai dit que je revenais en France bientôt.

La principale difficulté est de ne pas tomber dans les pièges tendus par ces échanges ; par exemple il m'a dit le deuxième jour « je ne vous dérange pas trop avec le décalage horaire ? » alors que pas une seconde je n'avais eu en tête que j'étais censée vivre avec cinq heures de retard sur lui. Et puis, aussi, je ne dois pas oublier que ce n'est pas à moi que parle Frédéric. « Tu n'es pas Salomé », voilà le mantra que je me répète sans cesse pour ne pas être happée par le tourbillon. J'ai donc pris le parti de lui parler essentiellement de son œuvre (c'est sans doute ce qu'attend un écrivain, comme une jeune mère attend qu'on flatte son enfant), j'évoque longuement son style, l'interroge sur son héroïne ; je lui demande si pour lui l'idéal est de provoquer le choc émotionnel ou le choc esthétique, s'il écrit à l'ordinateur ou avec son magnifique Montblanc couleur champagne, s'il est plus inspiré la nuit ou le jour. Il répond toujours avec exaltation et méticulosité mais, après trois ou quatre longs messages, il en revient toujours à moi.

C'est plaisant, tout de même, de lire de si belles choses, de sentir pareil empressement, jamais un homme ne m'avait dit tout ça, ni même la moitié ; comment Frédéric peut-il vouloir Salomé à ce point, c'est fou. La recette d'une bonne dédicace tient-elle plus à la qualité du dédicataire que du *dédicaçant* ? J'emploie le mot *dédicaçant*, mais je sais qu'il n'existe pas, bien sûr. J'ai toujours été agacée par le fait qu'il n'existe pas de mot spécifique pour qualifier l'auteur d'une dédicace, alors que le destinataire de celle-ci a droit à *dédicataire* – très beau mot, sec, signifiant quoique peu connu. Pourquoi l'Académie française n'a-t-elle pas officialisé le si logique et pratique *dédicaçant* ? J'ai écrit de nombreux courriers aux immortels, toujours demeurés lettres mortes, à mon grand regret.

Reste que j'aurais aimé être une dédicataire de talent ; et sans rêver à des effusions semblables à celles que Salomé provoque, un peu d'amour, peut-être, juste un peu d'absolu, ne serait-ce qu'une fois, pour voir l'effet que ça fait.

À ma grande surprise, Frédéric publie très régulièrement sur Instagram, jusqu'à plusieurs fois par jour. Des photos des musées qu'il visite, de livres qu'il lit, des sorties culturelles pour l'essentiel ; on sent qu'il y cultive son image d'auteur – jamais rien de négatif n'est dit sur les créations des autres, même si sur cette application, on montre plutôt qu'on dit. J'ai été amusée par une vidéo qu'il a prise au Jardin des plantes, où l'on voit un jeune tapir s'ébrouer dans l'eau ; j'ai considéré avec intérêt une œuvre de *street art* en trompe-l'œil dénichée par ses soins dans une rue du 20e que j'ai mis du temps à identifier ; enfin, j'ai validé son avis sur l'œuf-mayo du Bouillon Pigalle : la mayonnaise y est en effet délicieuse, cela tiendrait d'après le chef (qui est par ailleurs très sympathique) au vieux vinaigre de Xérès qu'il utilise – même si je soupçonne la présence d'un autre ingrédient secret. Par contre, en remontant le fil des anciennes publications, j'ai été catastrophée : j'ai découvert qu'il y a quelques mois, à la faveur d'un salon du livre, Frédéric a pris la pose tout sourire à côté d'une auteure de *livres gentils* (les fameux *feel-good books*), une jeune femme plutôt jolie, mais ça n'excuse pas tout. Le problème est que sur la photo, il tient le livre de ladite auteure – sobrement intitulé *C'est parti pour une nouvelle vie !* – et l'exhibe de ses deux mains face caméra, comme pour en faire la promotion. Frédéric, voyons ! Décidément, rien ne va dans ta manière de communiquer ! On n'est jamais que ce que l'on montre : imagines-tu un instant Houellebecq exposant fièrement *Ta deuxième vie commence quand tu comprends que tu n'en as qu'une* ? Concevrais-tu de tomber sur une photo de Patrick Modiano exhibant avec majesté un exemplaire de *Ma vie, mon ex et autres calamités* ? Garderais-tu la même estime pour Annie Ernaux si elle présentait au monde *Mémé dans les orties* ? Non ? Alors ne le fais pas, Frédéric, ne le fais pas sinon cela signifie que tu ne te sens pas digne d'être des leurs – et alors, tu ne le seras jamais. Enfin, on est bien libre de lire ce que l'on veut – moi-même je ne rechigne pas à chercher un thriller dédicacé de temps à autre – mais il faut compartimenter : a-t-on déjà vu Akira Kurosawa à la projection d'un *Police Academy* ? Je ne crois pas, non, et l'on comprendra pourquoi.

Mais moi, on ne m'écoute jamais ; alors, peut-être que Salomé se chargera de faire passer le message, bientôt. Il ne faut pas que Frédéric s'étonne qu'elle ne se soit pas intéressée à lui, en tout cas s'il ne sait pas pourquoi, moi je le sais. Tout cela devient pénible, à la fin.

À croire que cet homme a un sixième sens. Un instinct, quelque chose qui le relie à moi ; comme s'il avait senti que je commençais une relation avec un autre que lui. Il est venu sonner hier soir, comme il le faisait avant, sans s'annoncer, ni coup de fil ni message – pour lui il était évident, naturel que je sois chez moi un vendredi soir. J'ai hésité à le faire monter, « allez, ouvre ma belle je veux te voir », j'ai ouvert par pure politesse, de toute manière cet homme ne compte plus, il n'a plus d'importance, est incapable de me faire du mal et incapable de me faire du bien. Quand il est arrivé je l'ai trouvé essoufflé, et grossi de quatre à cinq kilos. Je me suis contentée d'un « bonsoir Laurent » et il a essayé de m'embrasser ; j'ai tourné la tête, il n'en était pas question. « Tiens », m'a-t-il dit en sortant de son dos un petit bouquet de fleurs, des iris et des cyclamens presque arrangés en boule, « c'est la première fois que tu m'offres des fleurs, que se passe-t-il ? ». Il a pris un air grave et m'a annoncé comme une sentence « je suis venu te dire que c'est la dernière fois qu'on se voit » ; je n'y voyais pas d'objection, de toute façon, depuis la rupture, il était plus ou moins implicite qu'on ne se verrait plus, je n'attendais jamais sa visite et lorsqu'il venait je trouvais cela vain, « je voulais te dire deux ou trois choses avant de te laisser seule, pour que tu puisses avancer dans ta vie », de confus cela m'a paru tout à coup ridicule, depuis quand avais-je besoin de lui pour avancer dans la vie, lui qui m'avait retenue pendant des années ? Il s'est assis dans le sofa, à sa place, celle à côté du guéridon, il attendait que je lui amène son whisky mais je n'ai pas bougé, je me suis assise en face de lui, sur le fauteuil en osier.

« J'ai quitté Béatrice, je suis amoureux, elle s'appelle Lucy, elle a vingt-sept ans, je pars demain vivre à Londres avec elle, j'ai tout quitté, tout, c'est fou l'amour fou, et je me suis dit que je devais te voir une dernière fois, pour t'aider, tu sais, t'alléger de mon poids, je sais que je n'ai pas toujours été tendre avec toi, je t'ai mené la vie dure, mais voilà, je vais être papa, et comme les alcooliques anonymes j'ai senti que je devais demander pardon, pas pour moi mais pour les autres, enfin là il ne s'agit pas de te demander pardon mais de t'aider, de te dire la vérité.

— M'aider à quoi ?

— À faire les bons choix ! Depuis le premier jour j'ai été le mauvais choix pour toi, je le savais et tu le savais, et tu m'as aimé encore plus que si j'avais été le bon, justement pour cette raison. Je t'ai dit cent fois que j'allais quitter Béatrice, c'est vrai, mais je te l'ai dit parce que tu me le demandais, parce que sans ça tu menaçais de rompre et de ne plus me sucer, mais en vérité je n'ai jamais eu l'intention de la quitter pour toi, et au fond de toi, tu le savais.

— Avec le recul, sans doute, oui.

— Mais ce que tu ne sais pas et que je suis venu te dire, c'est pourquoi je n'en ai jamais eu l'intention en cinq ans de relation avec toi…

— Six.

— Six ans de relation avec toi, et pourquoi je le fais pour Lucy alors que je la connais depuis cinq mois à peine. »

Je n'étais pas sûre de vouloir entendre cela, mais j'étais trop curieuse, car après tout, cette question je me l'étais posée des centaines de fois. J'attendais donc, et il ne disait rien, comme s'il n'arrivait pas à reprendre son souffle, comme s'il n'avait plus d'air ni dedans ni dehors.

« La raison, c'est qu'il n'y a pas de raison.

— Pardon ?

— Tu n'as toujours eu que des qualités, tu es belle, vraiment, un canon, sexuellement incroyable, je dis pas ça pour te flatter, mais tu as ça dans la peau, y a les femmes sexuelles et y a les autres, Lucy aussi est très sexuelle, d'ailleurs, pas encore à ton niveau mais il faut lui laisser le temps, bref, tu es intelligente, on riait, tu as un boulot sympa, je pouvais venir m'installer ici…

— Mais tu ne l'as pas fait. Et ce que j'apprends c'est qu'il n'y a pas de raison.

— Non, aucune.

— Et tu es venu pour me dire ça ?

— Oui parce que c'est capital. J'en parle avec d'autres gars, souvent, et ils ont tous ressenti la même chose pour certaines filles. En fait, ce que je veux te dire c'est qu'à la seconde où un homme voit une femme, il sait s'il pourra être avec elle ou non.

— Être avec elle ?

— En couple, si tu préfères, ni un plan cul ni une maîtresse. Celle avec qui il sera vraiment, avec qui il vivra, prendra un appart.

— Développe un peu.

— En fait, une fille peut avoir toutes les qualités du monde, l'homme a une certitude immédiate, et si cette certitude c'est qu'il ne sera pas *avec elle*, ça ne changera jamais. Elle sera un coup d'un soir, ou un plan cul, ou une maîtresse officielle, mais jamais rien de plus, pas celle qui deviendra sa compagne. Et ça, on le sent, on le sait, c'est certain et immuable. Les femmes, vous pensez toujours que ça peut changer, que ce mec qui au départ ne vient que pour baiser, s'il se rend compte que vous êtes drôle, que vous êtes intelligente, que vous êtes tendre, que vous faites bien la cuisine, que vous aimez regarder des films et des séries avec lui, s'il découvre entre deux baises que vous avez toutes ces qualités, que vous êtes donc exactement celle qu'il recherche, alors il changera, et finira par se mettre avec vous, parce qu'objectivement vous êtes mieux que sa femme, mieux que son ex, mieux que le *rien* qu'il a au moment où il vous fréquente. Oui, vous êtes mieux, c'est une absolue vérité, mais non, ça ne changera pas. Jamais. D'ailleurs vous êtes mieux aussi que la fille avec qui vous le croiserez, un jour, sa *nouvelle copine*, tout le monde vous dira qu'elle est plus moche que vous, pas sympa avec lui, pas particulièrement intelligente, et ce sera vrai, le mec le saura lui aussi, sauf qu'il aura ressenti qu'elle, elle pouvait être *sa femme*. C'est comme ça. C'est l'instinct qui parle.

— L'instinct ?

— Je sais pas si c'est physique, ou physiologique, les phéromones, l'ADN, ce que tu veux, mais c'est comme ça, c'est animal. Quand un homme passe une minute avec une femme, il sait dans quelle catégorie elle sera, à vie : celle qu'il a envie de baiser, ou celle avec qui il a envie d'être. Au mieux, en apprenant à vous connaître, il se dira qu'il vous aime bien en plus d'aimer vous baiser, mais voilà, c'est le seul grade que vous pourrez prendre, votre meilleur espoir de plus-value. Il ne vous aimera jamais.

— Et vous le savez vraiment tout de suite ?

— En un claquement de doigts. La femme qui te plaît vraiment, tu ne lui dis pas que tu ne sais pas où tu en es, que c'est compliqué en ce moment à cause de ton ex, que pour l'instant tu es incapable d'aimer, que ton cœur est fermé parce que tu as souffert, tout ça c'est des conneries de mec qui veut baiser, il sait, il sait le mec, parce que crois-moi, quand tu rencontres une femme que tu pourrais aimer, plus rien ne compte, le fantôme de l'ex, il disparaît dès que tu penses à elle, justement, tout va mieux rien qu'en pensant à elle, alors que vous, vous imaginez que petit à petit, en étant maternelles et merveilleuses et en faisant des pipes, vous pourrez nous guérir, et cette idée vous plaît, elle vous excite, même. Mais ce qui guérit l'homme, c'est le médicament, pas l'infirmière. »

Il est demeuré silencieux un moment, et moi aussi. Jamais un homme ne m'avait dit ça, ne m'avait parlé de ça ; d'ailleurs Laurent n'avait jamais en ma présence fait un si long monologue.

« Donc, pendant tout ce temps, tu n'es resté avec moi que pour le sexe, c'est bien ça ?

— Écoute, je pourrais te refaire la liste de toutes tes qualités, mais il faut être honnête, au final, oui, que pour ça. Je suis sincère, sans le cul, je ne serais jamais venu te voir en taxi moto entre midi et deux, ou le soir, à prendre des risques, à faire attention aux odeurs, à avoir peur de recevoir des messages quand je suis avec ma femme, non vraiment, sans le cul, jamais je n'aurais fait le moindre effort.

— Au moins c'est clair.

— Je suis désolé mais je préfère être franc, pas comme les autres mecs.

— Au bout de six ans, tout de même.

— C'est vrai, et justement, pour que ça ne t'arrive pas avec un autre salaud, pour ne plus que tu perdes de temps, je vais te donner la clé pour savoir si un homme vaut la peine que tu t'attardes sur lui ou non.

— La clé ?

— Oui. Le truc imparable.

— Je ne suis pas sûre de vouloir l'entendre, enfin, pas venant de toi.

— Mais si, justement, quand tu ne veux plus te retrouver avec une maison dépouillée, ça n'est pas au flic qu'il faut demander, c'est au cambrioleur ! Écoute, Claire, voilà ce que tu dois faire, la prochaine fois qu'un mec te plaît. Dès le premier soir, après le premier dîner ou avant le premier baiser, tout de suite demande-lui l'air de rien mais en le regardant bien dans les yeux : "Est-ce que tu pourrais tomber amoureux de moi ?" et tout de suite, tu sauras. S'il balbutie, s'il élude, s'il te parle de son ex, s'il te parle de sa femme, de sa dépression, c'est mort. Il ne sera jamais amoureux de toi. Jamais.

Tu seras dans la catégorie *maîtresse*. S'il sourit par contre, s'il dit "pourquoi pas", ou "oui je crois", alors c'est bon, c'est quelqu'un qui te voit potentiellement comme sa *femme*. Et même si tout de suite après le gars semble faire marche arrière, s'il lance "mais on se connaît pas vraiment, hein", s'il dit "mais c'est trop tôt pour parler de ça", c'est pas grave, ce qui compte c'est la réponse spontanée, l'important c'est ce qu'il a dit, et pour une fois tu sauras, tu connaîtras sa pensée, son verdict. »

Son verdict. J'ai trouvé le mot affreux ; et surtout j'ai pensé que le soir de notre rencontre, ce moment qui était pour moi magique, unique, important malgré tout ce qui a pu se passer ensuite, eh bien, ce soir-là Laurent avait rendu son verdict après quelques paroles échangées à peine. Quand moi je le découvrais, quand mon champ des possibles était ouvert, lui savait déjà que rien ne serait jamais beau. Il ne m'avait jamais envisagée ; il m'avait menti délibérément, dès la première minute, et pour les trois millions cent cinquante-trois mille six cents minutes suivantes, au bas mot. J'avais à ses côtés perdu six ans de ma vie. Mes plus belles années ; celles où j'étais la plus épanouie physiquement, la plus fertile.

Cette pensée m'a serré le cœur ; et j'ai commencé à avoir les tempes qui battent, un coup de chaud, le nœud dans la gorge ; je n'ai pas pu parler tout de suite. Alors, je suis allée lui servir un whisky, son Aberlour dix ans d'âge dont il me restait une bonne demi-bouteille dans la cuisine, sous l'évier. J'ai mis un moment avant de revenir au salon.

« Voilà, tu sais tout, maintenant, tu ne feras plus la même erreur qu'avec moi.

— J'espère.

— Mais ne va pas raconter ça à toutes tes copines, sinon comment on va faire, nous les mecs, pour baiser ? »

Il était fier, la lèvre retroussée comme lorsqu'il réussissait à répéter la chute d'une blague entendue la veille aux *Grosses Têtes*, avec ce crachotement sonore qui lui avait toujours servi de rire.

« Parce que tu sais, tu resteras ma plus grande histoire de cul.

— Tu es navrant.

— T'aurais pas un glaçon de plus ? »

Lorsque je suis revenue avec son verre alourdi d'un glaçon et d'une dose de whisky (il ne fallait pas laisser la bouteille au salon, ça faisait alcoolique selon lui, alors je devais toujours aller à la cuisine le resservir), j'ai trouvé Laurent la queue à la main, à demi dure, extirpée via la braguette, le pantalon toujours en place ; il se branlait lamentablement. « J'aurais pas dû repenser à ça avec toi, regarde l'effet que tu me fais encore », et il a pris ma main, en même temps que le whisky, je l'ai retirée sans mouvement brusque, pour ne pas faire tomber le verre ; il a posé le whisky sur le guéridon, juste au bord, et il a passé sa main sous ma jupe, de l'autre il se branlait toujours, il a agrippé une de mes fesses comme il aimait tant le faire, avant, et je regardais le verre, en équilibre instable au bord du guéridon, et j'avais peur que le verre tombe, mon parquet boit tout et il marque, c'est une horreur ; Laurent a essayé de glisser un doigt dans ma culotte mais j'avais des collants, alors il a abandonné, il a repris ma main et l'a tirée jusqu'à son sexe, « s'il te plaît, c'est la dernière fois », c'était désagréable, presque douloureux. « Je ne te toucherai pas, Laurent. Regarde-moi bien, je ne te toucherai pas », il a compris tout de suite, il était vaincu, d'un doigt j'ai repoussé le verre de quelques centimètres et je me suis assise sur le sofa ; je l'ai regardé se branler et je l'ai trouvé vieux. Après quelques secondes il a soulevé son bassin, a fait une lente rotation vers la droite ; il a joui sur ma cuisse, sans faire de bruit. Un collant neuf.

Je suis allée chercher deux carrés d'essuie-tout ; je lui en ai tendu un, qu'il a pris sans me regarder. J'ai essuyé ma cuisse, il s'est levé, a fini son verre d'un trait, m'a lancé « t'es quand même chiante, Claire » et il est parti sans fermer la porte derrière lui. Je lui ai lancé « bon Londres ! » et il m'a dit, depuis l'escalier, « merci ». Un merci sincère, presque doux. J'ai fermé la porte, vidé la bouteille d'Aberlour dans l'évier ; il était tout juste vingt-trois heures, j'avais encore le temps de me faire les ongles.

J'avais envie de ce week-end, vraiment, je l'ai mérité. L'hôtel n'est pas merveilleux, bien sûr, en arrivant je me suis contentée d'un petit sandwich, mais malgré mes intentions revues à la baisse, je suis heureuse d'être là. Je ne connaissais pas Saint-Étienne, c'est assez beau, en un sens. Le chauffeur de taxi était un fier Stéphanois, il m'a fait l'article sur sa ville, vantant les immeubles haussmanniens que nous longions depuis la gare pour rejoindre le centre-ville, « vous pensiez être les seuls à avoir ça, vous les Parisiens, eh bien non, regardez comme c'est beau, et tous ces anciens bâtiments industriels vous avez vu comme ils sont bien rénovés, on se croirait un peu sur les Champs-Élysées, non ? », je n'ai pas eu le cœur de répondre que non, il ne faut pas exagérer, alors je n'ai rien répondu, faisant semblant de recevoir un appel sur mon iPhone. J'ai raccroché après un « je te rappelle » digne des plus grandes actrices oscarisées, et demandé au chauffeur si mon hôtel était effectivement proche de la place Jean-Jaurès, « plus proche c'est pas possible, vous avez dû réserver y a un moment pour avoir une chambre à cette période » et j'ai acquiescé, ne trouvant pas d'intérêt à lui expliquer que non, je n'avais eu qu'à télécharger une application quelconque il y a trois jours, cliquer une demi-douzaine de fois et donner mon numéro de carte bancaire. Sympathique jusqu'à la dernière minute, il m'a conseillé le restaurant d'un de ses amis, à quelques mètres de mon hôtel, le Vienne, m'exhortant à me recommander de lui pour avoir vingt pour cent de réduction sur l'addition, « prenez l'entrecôte du chef, vous êtes pas végan ça se voit, vous êtes sympa, et dites bien que vous êtes une amie de Jean-Pierre ». Je verrai ce soir, sait-on jamais, peut-être que je ne vais pas dîner seule, peut-être serai-je invitée, mais le fait est qu'une entrecôte, cela fait longtemps, et les frites encore plus – je ne vais jamais au fast-food et aucun célibataire au monde ne se fait des frites à la friteuse pour lui tout seul, du moins je l'espère, la frite est un aliment s'accordant essentiellement à la convivialité, enfin c'est mon ressenti.

Vraiment, j'avais besoin de ce week-end, je m'en rends d'autant mieux compte maintenant, à errer dans les allées, posant mon regard partout, je ne sais pas, je me sens bien, c'est exactement ce que j'avais envie de faire. Tiens, *Le Dieu du carnage*, j'en ai un exemplaire dédicacé, je crois me souvenir qu'un certain Thomas disait à *Mon amour* que cette histoire allait lui rappeler quelque chose. Étant donné l'humeur de ce qui se joue entre ces pages, j'ai imaginé que Thomas et *son amour* avaient vécu une confrontation cauchemardesque avec un couple a priori parfait donc en réalité perfide et replié sur lui-même, et je me suis souvenue moi-même d'un repas dans la famille de Jérôme. J'avais à peine vingt-cinq ans, il parlait mariage à la moindre occasion, moi je ne disais rien, et lorsqu'il a eu le malheur de révéler qu'il n'envisageait « pas forcément » une cérémonie religieuse, une de ses cousines et son mari se sont énervés à un point inimaginable, arguant qu'un mariage non religieux ce n'était pas un mariage, la mairie c'est juste pour les impôts, il n'y a que Dieu qui lie deux êtres pour l'éternité – pour moi qui n'en pouvais déjà plus de lui et encore moins d'eux, l'éternité c'était d'attendre décembre que Jérôme passe sa thèse de doctorat, je savais que la rupture allait le plonger dans un état terrible, et j'ai eu raison, après sa soutenance je l'ai quitté et il est parti vivre à Québec. Bref ce jour-là le couple de cousins a menacé de ne pas venir à l'hypothétique mariage, et ils ont fini par quitter la table parce qu'*elle* s'est mise à pleurer, elle ne comprenait pas qu'après une enfance passée à considérer Jérôme comme son propre frère il ait pu s'éloigner d'elle autant, qui était-il, elle ne le reconnaissait plus. Quand elle a prononcé ces mots elle m'a regardée et j'ai bien compris qu'ils m'étaient destinés, j'étais a priori la matrice de ce grand changement, la coupable, pourtant Jérôme était tel que je l'avais connu au premier jour, aimable, passionné de tennis et adhérent à l'UDF – aucune femme ne peut changer un homme féru de Wimbledon et de centrisme politique.

Oh, *Naissance d'un pont,* celui-ci je le recherche depuis longtemps, j'ai même mis une alerte sur eBay, mais on ne le trouve pas en dédicacé ; c'est étrange et inexplicable, certains livres au succès pourtant considérable ne se trouvent jamais sur ce marché – peut-être n'inspirent-ils pas les gens.

Ah, mince, je comptais attendre un peu encore mais je crois qu'il m'a vue, c'est le moment d'y aller.

« Bonjour.

— Bonjour, vous étiez à ma dédicace il y a quinze jours, je ne me trompe pas ?

— Non, c'est vrai. Vous êtes physionomiste !

— Ça n'est pas difficile, avec vous. Oh, vous prenez *Rivages en aplomb* ? Je vous l'avais déjà signé, non ?

— Oui, mais on me l'a volé !

— Non ?

— Si, je suis allée à un vernissage en sortant de votre dédicace, j'ai posé mon sac à main quelques minutes dans un coin et hop, disparu.

— Eh bien je suis content que des amateurs d'art aient eu envie de voler mon livre !

— Vous voulez dire, mon livre ? »

Il rit. Il est tellement beau, quand il rit.

« Vous savez quoi ? Je vous l'offre, celui-ci.

— Non, vous n'allez pas...

— Si, bien sûr ! »

Frédéric ouvre le livre à la page de garde, et sans réfléchir, il écrit. Je lis, à l'envers : « Pour Claire, qui s'est fait voler mon livre, peut-être volera-t-elle mon cœur en guise de vengeance ? F.H. » Je me force à ne pas sourire, à faire comme si je n'avais pas lu. Je n'en reviens pas qu'il se soit souvenu de mon prénom. Pourtant il m'avait paru tellement distant ce jour-là !

« Et voilà !

— Merci !

— Comment se fait-il que vous soyez à Saint-Étienne ? Vous n'êtes pas parisienne ?

— Si, bien sûr, je vis dans le Marais, mais je suis venue rendre visite à la marraine de ma mère, une très vieille femme, adorable, qui perd un peu la tête.

— Ah donc vous connaissez la ville ? Parce que moi c'est la première fois, on m'a dit que c'était un salon important, je découvre.

— Oui, non je ne connais pas vraiment, elle est là depuis peu, enfin, c'est compliqué...

— Ah, c'est dommage, je n'ai pas d'ami parmi les auteurs invités et j'aurais bien voulu que vous me conseilliez un restaurant, pour ce soir.

— Ah mais je connais le Vienne, si vous aimez l'entrecôte, elle est réputée.

— J'adore. Et vous ?

— Moi ?

— Vous aimez l'entrecôte ?

— Beaucoup.

— Et vous êtes accompagnée ?

— Non, je suis seule, je suis venue seule.

— Et si nous dînions ensemble ? Au Vienne ?

— Eh bien, euh, pourquoi pas, oui…

— Vous avez hésité.

— Non !

— Vous savez quoi, je garde le livre, et je ne vous le donnerai que ce soir, sinon j'ai peur que vous ne veniez pas.

— D'accord. Vingt heures ?

— Vingt heures trente.

— Très bien. À tout à l'heure. »

J'ai toujours su l'importance d'avoir la main légère sur le fond de teint, mais cette salle de bains n'est pas la mienne et l'éclairage intégré du miroir m'est totalement étranger. Toutes les conditions étaient réunies pour un faux pas pouvant conduire à la catastrophe ; alors à chaque étape, je suis allée vérifier dehors, avec mon miroir de poche. Cela fait beaucoup d'allers-retours, à chaque fois, sortir de la chambre sans oublier la carte qui permettra de la rouvrir, arpenter le couloir, appeler l'ascenseur, le prendre, passer devant la réception l'air de rien, me mirer sous les lumières mélangées du jour déclinant et du lampadaire fraîchement allumé ; puis retourner à l'ascenseur, l'appeler à l'aide de ladite carte (avec de la chance il n'est pas reparti), regagner ma chambre, insérer la carte dans le petit interrupteur idoine, rallumer le miroir de la salle de bains, et recommencer. Un trajet après le fond de teint, un autre après le fard à paupières, un troisième après le crayon, un quatrième pour le fard à joues ; c'est là que le jeune garçon de la réception m'a demandé s'il y avait un problème avec ma chambre. Pour le mascara et le rouge à lèvres je me suis fait confiance, et j'ai eu raison, je suis belle, enfin, je me plais bien, disons que j'ai mis toutes les chances de mon côté, et cette robe signée Valentino, tout de même, quel bonheur. Comme quoi les hommes peuvent vous donner confiance en vous, si tant est qu'ils soient italiens et couturiers.

Les gens calmes ne savent pas la chance qu'ils ont ; moi, je suis nerveuse pour un rien, et quand ça n'est pas un rien, alors, c'est la catastrophe. Dans quelques minutes, je dîne avec Frédéric Hermelage. Il m'avait remarquée, finalement, il se souvenait de moi, mais n'en avait rien dit, rien montré, c'est étrange. Je lui plais peut-être un peu, même si je ne dois pas me faire d'illusion, il m'a invitée avant tout parce qu'il ne connaît personne d'autre, il a besoin de compagnie ; tout un week-end seul, ce doit être difficile. Et s'il me parle des dernières nouveautés en littérature, que vais-je lui dire, je vais avoir l'air bête ! Et je ne veux pas lui parler de mes critères de lecture, de ma collection, il va trouver ça bizarre, une femme de quarante et un ans, célibataire et qui ne lit que des romans dédicacés, ça cache quelque chose, forcément ; alors que moi, au contraire je ne cache rien, je voudrais bien en montrer plus d'ailleurs, j'attends juste que quelqu'un demande. Et même, j'y pense, cela pourrait lui mettre la puce à l'oreille, les dédicaces, Salomé... Non, définitivement, je vais lui cacher cela. Doublement risqué. Bon, ça ne va pas, j'ai besoin d'un petit verre. J'ai exploré le minibar en arrivant, il est étonnamment bien garni, et j'y avais noté la présence d'une minuscule bouteille de vin rosé aromatisé à la fraise, ainsi que celle d'un quart de champagne sobrement étiqueté Mini Moët ; je ne suis pas une inconditionnelle du champagne brut mais j'ai peur que le vin ne charge mon haleine, si Frédéric est à l'heure nous nous voyons dans douze minutes, le temps d'ouvrir la bouteille, de boire, non, je ne peux pas prendre le risque d'une suspicion quant à ma consommation d'alcool, je pense qu'il serait difficile de faire pire première impression à un homme, d'autant que cette intuition serait fausse ; je bois assez peu, dans l'ensemble. Allez, c'est parti pour le champagne, les vingt centilitres vont me donner ce qu'il faut de courage dans l'immédiat, et de légèreté par la suite, le tout sans odeur pratiquement – et puis au pire, ce ne serait qu'une légère odeur de champagne, pas une vulgaire odeur de vin. Il faut reconnaître au champagne cette double qualité de ne vous coller ni l'étiquette de *l'alcoolique*, ni même celle de *la buveuse* ; quelle invention merveilleuse, tout de même, que le mensonge en bulles.

Je me souviendrai toute ma vie du premier verre que j'ai bu seule. Le vendeur de chez Nicolas (pourquoi diable portait-il un tablier, il ne donnait pourtant pas dans la boucherie !) m'avait conseillé un bordeaux, un pomerol bio « aux arômes de réglisse et de fruits secs qui s'accorde parfaitement à la viande rouge » – je lui avais dit que c'était pour accompagner une bavette aux échalotes, ce qui est ridicule, personne ne cuisine de bavette aux échalotes, c'est un plat de formule du midi à quatorze euros préparée par un cuisinier fainéant pour des clients pressés. J'étais arrivée devant la boutique sans savoir comment ni pourquoi ; c'était un de ces soirs ou *dix-neuf heures* approche, au sortir du travail, et où rien ne vous attend, ni personne surtout, et la semaine est déjà longue alors que l'on n'est que mardi ; il fallait donc *boire un verre*, expression que l'on utilise pour ne pas s'avouer que l'on veut juste *boire*. Je suis rentrée chez moi en marchant comme si l'on m'attendait, j'ai enlevé mes talons d'un mouvement sec de chaque pied, et me suis servi sans plus attendre une quantité raisonnable du liquide grenat dans un verre ballon large et élégant ; ce genre de verre que j'ai vu, souvent, dans les séries américaines, un verre dont l'esthétique vous fait vaguement déculpabiliser en focalisant votre attention sur le contenant plutôt que sur le contenu. J'ai fait tourner mon poignet sans réellement savoir pourquoi, enfin si, pour voir la *robe* du vin, mais je n'ai su qu'en penser, il s'agissait là de particules s'agrippant à la paroi du verre, et destinées à glisser inexorablement pour finir par rejoindre leurs semblables ; au fond je me regardais dans un miroir. J'ai bu, sans déplaisir mais sans toutefois aimer cela ; la récompense est arrivée après le deuxième verre, une détente qui rosit les joues et allège tout ce qui pèse trop. J'ai bien dormi ce soir-là, trop bien sans doute ; j'ai tout de suite senti le risque venir, et pour le contrer j'ai demandé à mon médecin de me prescrire des somnifères, ainsi j'éloignais un facteur de dépendance trop évident. Le lendemain soir, je me cuisinai un petit tournedos acheté à Monoprix, accompagné de salsifis en boîte, de quoi finir la bouteille commencée la veille. Le goût du pomerol m'a paru différent, moins fort peut-être, mais je n'aurais su dire s'il était très bon comme l'avait dit le vendeur, ou même simplement bon ; Laurent qui était amateur m'a souvent raconté que même les plus grands œnologues étaient incapables de différencier à l'aveugle des vins médiocres de grands crus, et pire, qu'ils étaient incapables de dire, en goûtant un vin blanc coloré en rouge grâce à des colorants alimentaires n'altérant pas le goût, qu'il s'agissait bien de vin blanc. Rassurée quant à mon incompétence sur le sujet, je décidai toutefois de ne boire du rouge qu'en mangeant, car je le trouvais trop fort et odorant ; quelques jours plus tard, j'élisais le rosé comme accompagnateur de mes apéritifs solitaires. Jusqu'ici, il s'est révélé être un précieux et fidèle compagnon ; deux qualités qui le rendent en tout point supérieur à Laurent.

« Vous êtes magnifique, Claire !

— Vous êtes gentil, je n'avais pas prévu ce genre de récréation, j'ai pris ce qu'il y avait dans ma petite valise !

— Très bon choix. On y va ? »

Il ouvre la porte, passe sa main dans le bas de mon dos, très délicatement, pour me faire entrer la première ; la bonne éducation exige que l'homme entre en premier dans un restaurant, mais je ne vais pas me formaliser pour cela, au contraire, mieux vaut une galanterie fautive que pas de galanterie du tout. Nous attendons une bonne minute avant qu'un homme visiblement fatigué ne se dirige vers nous.

« M'sieur dame, vous avez réservé ?

— Non.

— Alors ça va pas être possible, avec le salon, là, on peut plus accueillir personne ce soir. »

Frédéric semble contrarié ; notre premier rendez-vous part sous de mauvais auspices. Je tente le tout pour le tout, « je suis une amie de Jean-Pierre, il m'a dit que je devais absolument goûter votre entrecôte ce soir ! » et le visage de l'homme s'éclaire tout d'un coup, comme si la simple évocation de ce prénom l'avait fait dormir douze heures d'un trait : « Ah, Jean-Pierre, alors vous êtes une amie de la maison ! Venez, je vous installe à l'étage, dans un coin tranquille. » Frédéric me lance un regard étonné accompagné d'un beau sourire ; j'ai marqué des points, c'est évident. Pendant que nous suivons l'homme dans l'escalier, je me dis que ce chauffeur de taxi doit être encore plus sympathique que ce qu'il m'avait semblé, et que je lui dois une fière chandelle ; puis très vite je me demande si Frédéric est en train de regarder mes fesses, vu que je suis passée devant, alors je les contracte un peu, sait-on jamais, je n'ai rien à perdre. « Installez-vous, et si vous me permettez, je ne vous amène pas les cartes, je vous sers directement ce qu'on fait de mieux ici, deux carpaccios de Saint-Jacques et deux entrecôtes saignantes, ça vous va ? » Je n'ose pas dire que je préfère la viande à point, craignant de briser un si bel élan d'enthousiasme, Frédéric acquiesce, et le serveur repart en souriant et en lâchant pour lui-même un « ah, ce Jean-Pierre ! » qui me fait m'interroger sur la nature de leurs relations passées.

« Je suis doublement content de vous avoir trouvée, pire que de manger seul ce soir, je n'aurais pas mangé du tout ! D'où connaissez-vous ce Jean-Pierre ?

— Je l'ai croisé quelques fois, il est taxi, très sympa, très aimé ici. J'ai faim, pas vous ?

— Si, d'autant qu'à midi je n'ai rien mangé, horrible, vous savez on donne aux auteurs des petits tickets repas qui imposent un restaurant, vous n'avez pas le choix, et le restaurant impose le menu, vous n'avez pas le choix non plus, donc on m'a servi une salade aux noix noyée dans la vinaigrette et un pavé de saumon presque blanc avec de la purée. Autant vous dire que je me suis lâché sur les madeleines, sur mon stand la libraire a des tonnes de madeleines, et…

— Tenez, deux coupes de champagne pour les amoureux, c'est la maison qui régale, ne vous inquiétez pas !

— Décidément, les gens sont gentils ici.

— C'est grâce à vous, Claire, vous provoquez la sympathie !

— Vous trouvez ?

— Évidemment. Parlez-moi de vous, que faites-vous dans la vie ?

— Je travaille à la Maison européenne de la photographie, mais ça ne me passionne pas vraiment.

— Qu'est-ce qui vous passionne ?

— Les livres, je crois.

— Moi aussi. Je suis obsédé par les livres, pendant vingt ans je n'ai fait que lire, de mes dix à mes trente ans, et ensuite je n'ai fait qu'écrire, j'ai vécu pour être écrivain.

— Vous vivez un rêve, alors ?

— Non, j'ai juste l'impression de vivre ma vie, ce pour quoi j'étais fait, je ne dis pas ça de manière présomptueuse, j'espère que vous ne me trouvez pas présomptueux ?

— Pas du tout.

— Tant mieux, vous me rassurez, parce que je crois qu'il faut être honnête avec soi-même, et que ce devoir d'honnêteté exige de se départir de la fausse modestie, enfin c'est un pléonasme, la modestie est toujours fausse. De toute manière à quoi sert la modestie, si je vous dis que vous êtes une femme magnifique vous n'allez pas nier ou jouer à celle qui est surprise, non, vous savez que vous êtes magnifique, c'est un fait tangible, pour autant, vous n'avez pas une attitude qui dénote une trop grande instrumentalisation de votre beauté, simplement vous êtes humble, pardon j'espère que je ne parle pas trop, mais je crois à la force de l'humilité qui est une philosophie, face à la modestie qui est un mensonge, et…

— Frédéric, je peux vous poser une question ?

— Allez-y !

— Est-ce que vous pourriez tomber amoureux de moi ?
— Oui, bien sûr que je pourrais. »

Je n'aime pas parler de sexe ; mais avec Frédéric ce fut merveilleux. Nous avons passé la nuit à discuter et à faire l'amour, alternativement ; il est reparti sous le chapiteau du Forum du livre sans avoir dormi une minute. Il va être épuisé, le pauvre, il ne tiendra pas, il voulait que nous déjeunions ensemble, mais je lui ai conseillé de profiter de la pause méridienne pour dormir un peu, d'autant qu'il a une table ronde à quatorze heures – il doit débattre, ou discuter, je ne sais pas, de la place de la femme en littérature, il sera le seul homme autour de la table (s'il y a une table, ce dont je doute ; j'imagine plutôt des chaises disposées en demi-cercle) et ne peut donc se permettre d'être en petite forme. Pour ma part, j'ai dormi une heure, me suis réveillée pour me faire monter un petit déjeuner, et ai dormi deux heures supplémentaires. Je ne sais pas si je dois retourner à mon hôtel ou rester dans sa chambre, il ne m'a rien dit, il m'a simplement embrassée en partant, ses cheveux étaient encore humides, une goutte d'eau a perlé depuis une de ses mèches jusqu'à ma joue, comme une larme qui n'avait rien à faire là. Il y a longtemps que je n'avais pas fait l'amour, au sens propre cela faisait bien huit mois, et au sens figuré, presque sept ans, Laurent n'ayant jamais fait autre chose que me baiser. Frédéric n'a pas mis de préservatif, j'ai eu peur au début, je demande toujours aux hommes d'en mettre un, je suis de la génération des traumatisés du sida, ceux qui ont découvert la sexualité à travers le filtre déformant de la *maladie du sexe*, ce spectre immense et destructeur qui a fait que jamais maman ne m'a parlé de me protéger pour éviter de faire un enfant, mais uniquement pour ne pas trépasser dans les pires souffrances ; avec le sida on est passés de la peur de donner la vie à la peur d'attraper la mort. Quand il était sur le point d'entrer en moi, Frédéric a perçu ce moment infime où je me suis tendue, et il m'a dit tout naturellement « on ne va pas commencer à mettre des préservatifs ? » et ce *commencer* installait tellement une suite, un après, un *ensemble*, que toute appréhension s'est évaporée en moi. J'ai su qu'il était sûr de lui, comme moi je suis sûre de moi, et j'ai donné dès le premier soir à Frédéric ce que je n'ai jamais donné à Laurent, en six ans de relation (ou plutôt, de relation*s*) : à savoir, sa peau nue à l'intérieur de la mienne. Le port du préservatif avec Laurent était une évidence qui le rendait fou, si bien que les deux dernières années il n'y avait plus de pénétration entre nous, je me contentais de lui faire ce qu'il me demandait, c'était abominable et triste, mais je savais que Laurent était de ces hommes pour lesquels toute occasion doit être saisie, et qu'il couchait avec autant de femmes qu'il le pouvait.

Je ne sais pas si je dois attendre Frédéric, je risque de le déranger, si je suis là il ne fera pas de sieste c'est certain, nous nous aimerons encore et il sera épuisé ; si des journalistes importants assistent à cette table ronde, je ne veux pas être celle à qui Frédéric en voudra de n'avoir pas brillé, d'avoir perdu une opportunité de se faire mieux connaître – je préfère m'éclipser.

# Avec lui

Ne sachant qu'attendre de ce week-end, je n'avais pas pris mon billet retour à l'avance ; Frédéric et moi nous sommes donc retrouvés à faire le trajet vers Paris ensemble, et avons vu le jour se coucher par la fenêtre, main dans la main. « Le hasard nous aura souri jusqu'au bout, Claire, à croire que c'était écrit », et j'ai incliné la tête sur son épaule, en même temps qu'une boule de chaleur compacte et bouillonnante grimpait depuis ma poitrine pour venir exploser sur mes joues. Nous avions passé la nuit du samedi au dimanche dans ma chambre d'hôtel, cette fois, nous avons fait un peu moins l'amour, discuté un peu moins aussi, mettant à profit le temps ainsi glané pour dormir ; cela faisait longtemps que je n'avais pas vécu la fusion des débuts, quand on voudrait dormir littéralement emberlificotés l'un dans l'autre, telles des lianes autour d'un tronc d'arbre – dire qu'après quelques années on achète un lit *king size* pour pouvoir dormir sans presque se toucher, tout en continuant à s'aimer ; en vérité ce doit être cela, le véritable amour. L'odeur de Frédéric m'a paru familière dès le début, et très vite, la combinaison de nos deux odeurs était un parfum évident, dont on se demande comment il n'a pas été créé plus tôt, le Chanel n° 5 des corps enlacés. Quand il m'a tenu la main au sortir du restaurant le dimanche midi, je me suis demandé si nous étions en couple ; et puis je me suis dit qu'il n'était pas question de rentrer dans *ça*, dans le déluge des questions, dans l'avalanche des angoisses du futur qui assombrissent un ciel enfin clément ; je ne l'avais que trop vécu avec Laurent. Quand j'ai dit à Frédéric « dans une heure nous serons à Paris », un abattement soudain nous a frappés par surprise ; comme la fin des vacances scolaires, comme le dimanche soir avant l'usine, la violence de l'inéluctable nous a plombés. Bien que tout cela fût naturel et su à l'avance, la parenthèse enchantée était sur le point de se refermer ; et comme le dit la voix off quand le bébé gazelle se fait manger par le crocodile sous les yeux impuissants de sa mère, c'était la vie qui reprenait ses droits. Frédéric a eu l'air inquiet, il s'est mis à s'agiter pour briser l'affliction et le silence, « on se voit très vite, non ? Mardi ou demain, peut-être, je crois que je suis libre attends je regarde dans mon téléphone, oui, moi, je n'ai rien, à toi de voir si tu n'es pas trop prise, si tu as du temps pour moi » et je l'ai embrassé. J'avais envie de lui dire « ne nous séparons pas, viens chez moi, tu as déjà une place » mais je ne voulais pas qu'il découvre tout de suite ma collection, et puis j'avais trop envie de lire *Rivages en aplomb*, j'en avais le besoin impérieux, cette impression que jamais je ne connaîtrais véritablement cet homme tant que je n'aurais pas lu son livre ; et c'était sans doute vrai. J'ai alors compris que c'est cela qui sépare les œuvres littéraires des *livres gentils* : un vrai roman vous en apprend sur son auteur, car on y trouve tout ce qu'il a voulu y cacher ; alors qu'un *livre gentil* ne fait que confirmer ce que vous saviez déjà de lui.

Nous avons donc décidé de nous revoir mardi soir, chez lui, cela me laissait une quarantaine d'heures pour le lire, et travailler accessoirement. Quand nous attendions chacun notre taxi, Frédéric a longtemps humé mes cheveux ; et quand il ne nous restait qu'une minute, il m'a dit : « Je sais ce que tu attends, Claire, je pense le savoir, tu es pressée, tu me l'as fait comprendre, enfin voilà, je veux dire, je sais où je mets les pieds et ça ne me fait pas peur. » Alors, j'ai su que nous étions en couple.

Je ne pense pas me tromper en disant que *Rivages en aplomb* est un excellent livre, subtil, intelligent, lettré, rien d'étonnant à ce que la presse commence à s'en emparer, et ce n'est je l'espère que le début. Frédéric a pris le contre-pied de *Charbons de paille* en écrivant une histoire d'amour, du moins en choisissant le point de vue d'une femme sur l'histoire d'amour qu'elle vit, et en dépeignant l'effet que la passion étouffante de l'homme provoque sur son héroïne, cet isolement nécessaire et salvateur, enfin il n'y a pas que cela bien sûr. Si je devais toutefois trouver un défaut à ces *Rivages en aplomb*, ce serait celui d'exceller sur le micro mais de se désintéresser du macro ; l'absence de vision de la société, de discours sur elle, lui ferme selon moi la porte des *grands romans*, c'est mon opinion mais ça n'est pas grave, ce sera pour la prochaine fois, je l'y aiderai si je le peux. Pour moi un roman n'est grand que s'il touche à la fois à l'intime et à l'universel, l'un toisant l'autre ; il n'y a pas d'infiniment petit s'il n'y a pas d'infiniment grand, l'un sans l'autre ils ne sont que deux univers à leur mesure ; tristement équivalents, donc sans valeur. Je ne prétends pas donner de leçon, mais on sait que peu de grands romans sont de simples histoires d'amour, alors que nombreux sont les chefs-d'œuvre à dépeindre de façon pointilliste des histoires d'amour sur des toiles de fond historiques, et même si l'arrière-plan est forcément tracé de manière brute (comme pour l'invasion russe de *L'Insoutenable Légèreté de l'être*) il donne avec force la mesure de l'urgence, de l'irrépressibilité du sentiment amoureux.

Beaucoup de passages de *Rivages en aplomb* m'ont touchée, émue, c'est à se demander comment Frédéric connaît si bien les femmes ; j'ai versé quelques larmes à l'évocation de la mort de la mère, et de l'après surtout, cette prise de conscience que ça y est, on est véritablement seul au monde, et l'amertume de se rendre compte au même moment qu'en fait on ne l'avait jamais été ; quand votre dernier parent meurt, vous devenez un bateau aux voiles immenses en même temps que le monde entier se mue en une unique mer d'huile – Frédéric dit cela très bien, avec ses mots d'écrivain. Je n'ai pas aimé la scène de masturbation, par contre, et surtout je n'ai pas compris cette escalade du nombre de doigts ; il faudra que je lui en parle. Enfin, la dernière phrase du livre m'a beaucoup plu, je l'ai relue trois fois, et y suis revenue ensuite ; son intérêt réside dans son opposition à l'ensemble de ce qui précède, et qui était dans la mesure, dans la retenue (à l'image de son héroïne), tout en phrases courtes – en vérité le livre a sans doute été écrit pour cette sortie de route finale, à la fois du personnage et du style d'écriture.

> Je me demandais pourquoi moi, pourquoi encore, et qu'être lisible est une malédiction, pire encore que de n'avoir pas de secret, je voyais mon reflet dans le miroir mais je n'y voyais personne, vide, pire que de n'être plus moi je n'étais plus que moi, presque rien, alors j'ai frappé la psyché et l'ai frappée encore, et une fois brisée dans ses éclats j'ai lu qui j'étais : Salomé, pour la première fois.

C'est l'unique fois où le prénom de l'héroïne est cité, tout au long du livre elle était restée un « je » anonyme ; je comprends pourquoi personne ne l'avait évoqué, lors de la rencontre en librairie. C'est évidemment un cadeau que Frédéric lui a fait là. Un cadeau inestimable, la postérité potentielle pour elle : moi, je n'ai eu qu'une dédicace.

*Rivages en aplomb* est formidable, Frédéric. Un livre magnifique.

Vraiment ? C'est sincère ?

Oui, je suis toujours sincère, à quoi sert le mensonge ?

À rien, c'est vrai. C'est important pour moi, que vous aimiez.

Je suis tellement flattée que vous ayez donné mon prénom à votre héroïne. Vous aviez déjà fait cela pour une femme ?

Non, jamais. Mais je n'ai écrit que deux romans.

J'espère que vous ne le ferez pas pour une autre, je veux être la seule !

Ce qui est certain c'est que vous êtes unique, Salomé !

Il est fort, il s'en sort bien. En jonglant avec mes deux téléphones (j'ai dû en prendre un second, qui fait dorénavant office de téléphone principal, car le jour où Frédéric m'a demandé de lui donner mon numéro j'ai été bien embêtée), je constate qu'il répond toujours aussi rapidement à Salomé ; autant qu'à moi. Et si elle était venue lui rendre visite par surprise, vendredi soir, quinze minutes avant notre rendez-vous au Vienne, qu'aurait-il fait ? Serait-il venu quand même ? Non, il m'aurait annulée, c'est certain. Il serait passé en coup de vent me prévenir qu'il avait une urgence, quelqu'un de malade, c'est le plus pratique ; et il serait retourné à l'hôtel pour passer la nuit avec elle, sans penser une seconde à moi. Pire, si Salomé était venue frapper directement à la porte de sa chambre et s'était offerte à lui, il m'aurait laissée attendre seule, humiliée, pendant une heure devant le restaurant, ou deux, jusqu'à ce que j'abandonne. Et pour lui, je n'aurais jamais existé.

# AVEC EUX

Être le second choix est difficile à accepter. Bien sûr entre ses bras je suis heureuse, la plus heureuse des femmes peut-être, bien sûr j'imagine déjà à quoi ressemblerait notre enfant (ses yeux et mon nez, son menton et ma bouche), bien sûr c'est moi qu'il présente à ses amis ce soir, mais c'est *à défaut de*. Ce qui est terrible, c'est de se dire que l'on aura beau se faire la plus belle possible, mieux habillée et coiffée que jamais, être au summum de sa forme physique, une ombre suffirait à vous balayer, on ne sera jamais aussi belle, jamais. Et qu'on ne vienne pas me parler de beauté intérieure ou du regard de l'homme amoureux, tout cela c'est du mensonge, un baume homéopathique sur la blessure originelle, béante, celle de l'évidence de notre infériorité à l'autre. Il faut être honnête : être la femme la plus forte du monde ne m'intéresse pas plus que ça ; la plus intelligente, cela se réfléchit, il y a du *pour* et du *contre* ; mais être la plus belle, je réponds tout de suite, sans feindre l'hésitation ni penser aux conséquences, c'est oui, mille fois oui, je veux être celle-là. Frédéric serait fier de moi, s'il savait, car loin de m'imputer une quelconque superficialité – les philosophes savent l'importance de la beauté – il me trouverait humble, à savoir ce que je vaux, où je me situe, sans modestie ni orgueil.

Les amis de Frédéric sont charmants, c'est un fait, ils m'ont, je crois, tout de suite adoptée, non sans souligner à gros traits comme il était surprenant de sa part qu'il leur présente une femme après trois semaines à peine de relation, lui qui est d'ordinaire atteint de la maladie du siècle chez les hommes occidentaux, à savoir la peur panique de l'*engagement* ; d'ailleurs Pauline s'est longuement épanchée sur le sujet, elle qui, à trente-trois ans, bon boulot, pas trop mal selon ses termes mais en vérité pas mal du tout, pas coincée qui plus est – « bien chaude je suis capable d'être carrément cochonne », avait-elle confié après son troisième cosmo – a toutes les peines du monde à trouver un garçon qui veuille bien tenter de se mettre en couple, juste tenter. La semaine dernière Pauline a accepté de sortir avec un garçon de son boulot, plus jeune, qui bosse à l'informatique et qui la reluque depuis des mois voire des années ; un mec clairement pas à son niveau, c'est ce que nous avons compris, un geek à qui normalement elle n'aurait pas laissé sa chance ; mais il faut bien penser à l'avenir, alors elle a dit oui, pour voir. Après trois rendez-vous sans aucun frisson, Pauline a fini par se convaincre qu'après tout il était plutôt sympa, un tout petit peu galant, et même rigolo, une fois ou deux ; alors elle s'est dit que bon, pourquoi pas, on va tenter, l'attirance peut venir par la suite, et après qu'elle l'a fait monter chez elle et qu'elle a entrepris de l'embrasser en se dégrafant le soutien-gorge, le boutonneux a osé lui lâcher : « Tu sais, moi je veux rien de sérieux, hein je sais pas si je te l'ai dit, mais non, rien de sérieux. » Elle a hésité quelques instants, et le pire est arrivé : plutôt que de le foutre dehors elle a voulu lui montrer ce qu'il ratait, et elle lui a fait la totale, « salope comme jamais, presque à me dégoûter de moi » et après avoir joui le petit con est rentré chez lui en n'omettant pas de lui faire la bise sur le palier. Pauline a dit avec le sourire que si elle n'avait pas le cœur bien accroché, elle aurait pu se tailler les veines, après ça. C'était, selon elle, le lot de la plupart des filles célibataires et un peu éduquées, aujourd'hui, les mecs fuient l'idée du couple, de l'enfant n'en parlons pas, car ils ont tout ce qu'ils veulent : avec Tinder ils baisent (même les moches), avec YouPorn ils compensent (même les beaux), et pour le reste il y a Netflix, Uber Eats et la PlayStation. J'ai alors mentionné ma collègue Léa, me demandant si au final elle n'avait pas eu une forme de chance en trouvant son fanatique du Paris

Saint-Germain qui avait accepté le mariage et l'enfant ; et Pauline a tranché sans hésitation, oui Léa avait eu de la chance, beaucoup de chance, et même en sachant que tout cela finirait par un divorce dans un futur proche, c'était ce qui pouvait lui arriver de mieux, d'ailleurs elle-même signerait pour se retrouver mère célibataire à l'approche de la quarantaine, sans quoi sa vie serait un ratage complet ; il y a alors eu un blanc, quelques regards gênés, et j'ai mis un peu de temps à réaliser que si ces regards m'évitaient, c'est parce que la gêne m'était destinée.

J'ai longuement observé Pauline, me suis demandé si elle avait par le passé couché avec Frédéric, et j'ai rapidement acquis la certitude que, sans aucun doute, elle avait un jour été très cochonne avec lui aussi ; mais cela n'a pas d'importance, car Pauline n'en a pas pour Frédéric. Ensuite nous avons parlé de l'organisation de la semaine que nous allons passer tous ensemble aux îles Canaries – Baptiste et Sillah ne resteraient que trois jours, je le regrettai déjà ; et quand Julie et Jérôme nous ont dit qu'ils s'éclipsaient pour dresser un mystérieux dessert, j'ai estimé que le moment était bien choisi pour procéder à mon petit test. Je suis allée aux toilettes, ai sorti de mon sac mon « téléphone Salomé » et j'ai envoyé un message à celui qui ambitionnait publiquement d'être l'homme de ma vie.

Que faites-vous ? Vous pensez à moi ?

J'avais à peine fini de faire semblant de me laver les mains que la réponse est arrivée, comme une gifle.

Je ne fais que cela, tout le temps.

J'ai éteint le téléphone, suis retournée au salon où Frédéric m'a accueillie en souriant, et je me suis demandé s'il avait répondu à Salomé de façon discrète ou ostentatoire, voire s'il avait fait lire discrètement mais avec fierté le texto à Raphaël, comme le font les hommes entre meilleurs amis, à ne se montrer que le pire ; alors je me suis approchée de Frédéric en souriant, et je lui ai planté la fourchette en argent dans le dos de la main – non, bien sûr, je me suis approchée et l'ai embrassé sur la joue, tout près du cou. Il a frémi. Depuis, je suis assise à côté de lui, et Julie m'a demandé si j'étais fatiguée, car cela fait un moment que je ne dis plus rien.

J'ai été si absorbée ces derniers temps par ma relation avec Frédéric que j'en ai négligé mes séances quotidiennes de natation ; et comme rien n'est jamais pardonné aux femmes, ce laisser-aller se voit déjà sur mes cuisses qui reprennent leur aspect naturel, c'est-à-dire grumeleux et flasque. Aujourd'hui signe donc le retour de ma routine quotidienne : sitôt midi sonné, direction la piscine pour mon kilomètre et demi de palmes, à plus ou moins dix pour cent selon ma forme (ma volonté ?) du jour. Cela me prend généralement cinquante minutes, me laissant ensuite le temps de sécher mes cheveux, de manger une salade sur le pouce ; ainsi je retourne au travail en ayant mis à profit cette pause méridienne dont l'ineffable longueur m'est toujours apparue comme une aberration – mais je n'aime pas parler politique.

Je retrouve avec plaisir l'ambiance si caractéristique des piscines : la moiteur, l'écho lointain, l'odeur des chloramines et cette chaleur étrange, une chaleur qui donne froid, souvent ; et puis tous ces corps, proches comme jamais de la nudité, qui s'auscultent au moins autant qu'ils se sculptent. Et bien qu'ils se regardent et se jaugent, l'ambiance entre nageurs reste dans l'ensemble bon enfant ; j'ai tenté le fitness, fut un temps, et le rapport au corps dans ces salles m'a dégoûtée, tout est empreint de jalousie, de regards au mieux défiants, au pire comminatoires, le tout baignant dans un culte de la perfection qui vire à l'obsession. Dans les piscines, c'est différent, peut-être parce que, à ce point proche de la nudité, on se sent vulnérable, et rien ne rend plus solidaire qu'un ego chancelant. On se regarde, mais on se juge peu. J'ai par ailleurs noté depuis longtemps, au cours de mes pérégrinations dans de nombreux espaces aquatiques à l'occasion de séjours ou vacances, une constante très amusante : chez les nageurs, les femmes sont généralement en surpoids, alors que les hommes sont le plus souvent athlétiques. Cela s'avère huit fois sur dix, ce qui scientifiquement, je pense, est très parlant. Je me suis souvent posé la question : pourquoi ou comment, parmi les êtres qui s'ébrouent dans le bassin avec un zèle et un goût de l'effort pourtant équivalents, les femmes étalent des cuisses et des culs hypertrophiés alors que les hommes arborent abdominaux dessinés et petits culs moulés dans le Speedo ? Je n'ai pas de réponse, uniquement des hypothèses : peut-être les femmes se mettent-elles au sport quand il est trop tard, pour tenter de rattraper une situation qui leur a échappé depuis trop longtemps, alors que les hommes, eux, nagent depuis toujours et n'ont qu'à entretenir leur capital santé-beauté ad vitam aeternam – il y a beaucoup de vieux hommes beaux, parmi les nageurs. Autre hypothèse, peut-être la natation est-elle un sport moins physiologiquement adapté aux femmes ; peut-être enfin la maternité joue-t-elle un grand rôle dans cette histoire, auquel cas j'espère en avoir le cœur net dans un futur proche.

Car oui, nous avons ouvertement parlé *enfant* avec Frédéric. On me dira qu'envisager une grossesse après quelques semaines de relation à peine, c'est une folie ; j'aurais dit la même chose quand j'avais vingt ans, des ovaires stakhanovistes et la certitude que j'avais le temps. C'était il y a quelques jours, Frédéric allait descendre à la pharmacie, la faute à de récurrentes remontées acides – le vrai mal du siècle selon lui, le marqueur précis et indiscutable de *la fin de la jeunesse* –, et je lui ai donné mon ordonnance et ma carte Vitale, pour m'économiser un trajet (même si l'appartement de Frédéric est au premier – joli appartement, d'ailleurs, pour un homme). Il a rapidement compulsé la liste des médicaments, et m'a dit son hésitation à me rapporter une plaquette de pilules contraceptives ; si pendant une seconde j'ai cru à une manifestation de machisme, son sourire entendu m'a vite rassurée : « Tu vas attendre quoi, six mois, avant de me demander d'arrêter ? En ne pensant qu'à ça à chaque fois, au temps que tu perds, à te demander si ce ne sera pas trop tôt ? Mais dans l'absolu, ce sera toujours trop tôt, ce sera toujours inconscient, ce sera toujours un pari. Alors, autant jouer tout de suite, et mettre le maximum de chances de notre côté. » Je ne lui ai pas sauté dans les bras car il avait répondu à plusieurs messages de Salomé le matin même, pendant que j'étais au marché à lui acheter ses fromages favoris, et j'en avais pris ombrage ; mais le cœur y était.

Frédéric est décidément un homme merveilleux, c'est comme s'il sentait les choses, s'il savait quels mots dire pour vous rassurer, et à quel moment les dire. Il sait aussi les gestes qu'il faut faire, et à quel moment les faire. Pour fêter nos trois mois de relation – il a dit « nos trois mois d'amour » – il m'a offert un parfum, sans me consulter, sans me le faire essayer, une fragrance que je ne connaissais pas, qui est simplement à son goût. Il aura senti que mon parfum était la dernière trace que Laurent a laissée sur moi, et jugé qu'il était temps de l'effacer. Désormais, je serais toute à lui.

Laurent était arrivé un jour, cela devait faire un an que nous étions ensemble – ou plutôt, que j'étais avec lui –, avec un flacon d'Aromatics Elixir de Clinique. J'allais l'embrasser (c'était notre premier cadeau) quand il m'a dit : « Écoute, je sais pas s'il te plaira mais c'est le même que ma femme, comme ça j'aurai plus à me passer des lingettes dans le cou avant de rentrer à la maison, en plus, si on y pense, les lingettes c'est suspect, du jour au lendemain je sens la lingette, autant me balader avec un panneau *j'ai une maîtresse*, enfin t'es pas ma maîtresse, Béatrice sait bien que je vais la quitter, mais c'est plus pour les autres, tu sais, les enfants… C'est un parfum qui sent très bon, très délicat, il te ressemble, Claire, et c'est moi qui l'avais choisi, à l'époque, donc tu vois. » Bien sûr j'avais protesté, pour la forme, au début je gardais Trésor de Lancôme et ne mettais le Clinique que les jours où Laurent venait, et puis, de guerre lasse, une fois mon flacon de Trésor fini, j'ai racheté un Aromatics Elixir. Je m'y suis habituée, assez rapidement je ne le sentais plus sur moi – oublier un parfum est la preuve qu'il est fait pour vous.

Bien sûr, maintenant que je suis avec un homme aimant et respectueux, je me demande comment, en tant que maîtresse, j'ai pu accepter de porter le même parfum que ma rivale légitime juste pour des raisons pratiques ; mais j'ai fait bien pire, je le crains. Avec Edgar. Jamais je ne me le pardonnerai.

Edgar était un chat merveilleux : merveilleux d'aspect autant que de caractère. Edgar était un chartreux aux yeux couleur safran, j'ai toujours été fascinée par le gris de sa robe, qui semblait avoir des reflets bleus. Il était un peu gras, c'est vrai, je le nourrissais trop ; mais c'est parce qu'il était heureux. Edgar était le chat le plus câlin que j'ai jamais vu, un véritable pot de colle, pire qu'un chien, dès la première nuit il a dormi avec moi, il appuyait ses petits coussinets contre le creux de mon épaule – plus tard, il migrerait vers ma cuisse – et s'endormait contre moi plus rapidement qu'un homme après l'amour. Edgar n'a jamais rien cassé, n'a pas fait ses griffes sur mon canapé, ne s'est jamais enfui, ne m'a jamais mordue – à peine mordillée –, et lorsque mon moral était chancelant, j'aurais juré qu'il ronronnait plus fort qu'à l'habitude.

Laurent m'a demandé de me débarrasser d'Edgar car il laissait des poils sur ses vestes et pantalons, et chez lui on trouvait cela suspect, au point de lui en faire la remarque. Les chartreux perdent beaucoup leurs poils, je n'y peux rien, et Edgar n'y pouvait rien non plus ; et il n'était pas question que je me sépare du petit amour de ma vie. J'ai donc fait un stock de brosses adhésives, pendant plusieurs mois j'ai passé systématiquement de longues minutes à faire des va-et-vient au rouleau sur les costumes de Laurent avant chacun de ses départs, mais ce n'était jamais assez. Il restait toujours des poils incrustés dans la laine vierge italienne, et nous nous sommes disputés maintes fois à ce sujet :

« J'en ai marre ! Je ne vais plus revenir, Claire !

— Eh bien ne reviens pas.

— Sois sérieuse enfin, reprends-toi, tu es une caricature de la célibataire à chat !

— Mais je ne suis pas célibataire, je suis avec toi.

— Tu sais très bien ce que je veux dire. C'est presque vulgaire, de te voir entichée de cet animal. Je te le dis, Claire, c'est le chat ou moi. »

L'ultimatum, évidemment. Je m'y attendais ; j'allais répondre que je préférais mon chat, les mots étaient entre mes lèvres, et Laurent a dû le sentir, alors il a ajouté « de toute façon tu t'en débarrasseras forcément un jour, tu sais que les chats s'endorment sur les bébés et les étouffent, c'est très grave et très fréquent », alors j'ai senti ce minuscule trou noir, au creux de mon ventre, ce vide que j'avais tant envie de combler, et j'ai cédé. J'ai entendu ce que j'avais envie d'entendre, en bonne maîtresse, j'ai cru à une proposition, à une promesse, presque – je ne sais pas si l'homme est un loup pour l'homme, mais la femme amoureuse est un poison pour elle-même, poison qu'elle sécrète en même temps qu'elle se l'inocule, en circuit fermé. Alors j'ai emmené Edgar au refuge. J'ai abandonné mon bébé. J'ai vomi, après être partie sans me retourner ; des passants m'ont vue courir vers la poubelle, et avec mon mascara qui avait coulé, ils m'ont regardée avec dégoût, me pensant droguée peut-être. On n'imagine jamais les laideurs du chagrin.

D'Edgar, je n'ai gardé que la photo qui trône sur le buffet, sous la lampe Panthella opale ; le plus ironique étant que c'est Laurent qui l'a prise, la veille d'amener Edgar au refuge il est arrivé avec son vieil appareil argentique, et il nous a mitraillés pendant une heure. Il disait qu'il n'était pas sans cœur, qu'il voulait que je garde un beau souvenir de cet animal ; j'ai donc à chaque fois que je regarde le petit cadre un sentiment ambivalent, et c'est tant mieux, ainsi la culpabilité ne me lâche pas un jour. Chaque matin je pense à Edgar, et je me dis qu'il est mort loin de moi, au pire quelques jours après son abandon d'une piqûre d'Euthasol 40 % administrée par un bourreau diplômé, au mieux caressé une dernière fois par une femme qui n'avait pas mes moyens de s'offrir un bébé chat de cette race ; une femme qui ne l'aura jamais autant aimé que je l'ai aimé, moi.

Souvent les hommes ont réagi à la photo de mon chat ; certains trouvaient cela ridicule, alors ils disaient que c'était *sympa*, parce qu'il ne faut pas contrarier une femme quand on veut lui faire l'amour. Un jour, un homme m'a dit innocemment « tu n'as pas de photo de tes parents, par contre », et nous n'avons pas fait l'amour. Parfois les hommes m'ont demandé comment s'appelait le chat sur la photo, et quand je répondais « Edgar » ils disaient généralement « c'est mignon », « c'est original » et autres banalités qui m'ont malgré tout à chaque fois fait plaisir ; certains, plus lettrés ou plus vifs d'esprit que les autres, ont fait le lien avec les pans entiers de livres en tentant, l'œil attentif et déjà fier : « Ah ! comme Edgar Allan Poe ? » Bien tenté, mais c'était le mauvais lien, malheureusement, et j'ai eu beau dans ce cas donner la vraie version avec le maximum de tact, j'ai toujours senti une pointe de vexation, quand ce n'était pas un soudain et total désintérêt.

J'ai souvent fait un rêve : dans ce rêve un homme, entendant pour la première fois le nom d'Edgar, lançait avec un étonnement ravi : « Comme le mari de Cathy dans *Les Hauts de Hurlevent* ? » Si ce rêve se réalise, si cet homme existe, alors c'est moi qui le demanderai en mariage, et sur-le-champ, qui plus est.

Peut-être Frédéric sera-t-il cet homme, et peut-être même comprendra-t-il ce choix, alors je lui expliquerai dans un sourire triste à quel point la personnalité de mon chat collait à celle d'Edgar Linton, ce côté délicat et altier, si aimant. Pour cela, toutefois, il faudrait que je me décide à inviter enfin Frédéric chez moi. Il serait temps, c'est évident, pourtant je ne sais comment faire : s'il découvre ma collection, j'ai peur qu'il comprenne tout, qu'il fasse le rapprochement avec Salomé, et qu'il me rejette – ce serait tout naturel. Mais d'un autre côté je sens qu'au-delà de l'impatience, Frédéric commence à avoir des doutes, à se demander si cet appartement existe bel et bien, ou si j'ai des choses à cacher ; auquel cas, en bon romancier, il s'imaginera que j'ai des secrets inavouables : une double vie, un enfant caché, ou pire, une collection de poupées de porcelaine.

Je vois Frédéric ce soir, nous allons au théâtre, une surprise m'a-t-il dit, mais nous n'allons pas au Français, je n'ai pas à me mettre sur mon trente et un, il l'a précisé deux fois ; je vais donc mettre ma plus belle toilette. Dans un lieu où tout le monde est chic, impossible de se démarquer – sans compter que je ne peux pas rivaliser financièrement, on a beau se mentir et se dire que H&M fait de magnifiques petites robes, les femmes qui ont les moyens et le goût vous repèrent immédiatement ; alors que dans un lieu ordinaire, il n'est pas difficile de briller, et je ne vais pas m'en priver, je veux que Frédéric lise dans les yeux des autres hommes que je suis la plus belle. Jusqu'à vingt-cinq ans (trente pour les chanceuses), c'est nue qu'on est la plus désirable ; passé cet âge, mieux vaut investir dans de belles tenues.

J'ai déposé un cadeau devant ta porte.

Quoi ? Mais pourquoi, comment saurait-il où j'habite exactement ? Je n'ai pas gardé mon secret bien longtemps… Enfin, je suis heureuse qu'il ait respecté mon choix, et puis, un cadeau, ça ne se refuse pas. Je lui dis d'arrêter de me gâter, mais il n'en fait qu'à sa tête.

« Ah ! Tu m'as fait peur.

— Pardon, je ne voulais pas. Surprise !

— C'est toi le cadeau, c'est bien cela ?

— Pas exactement. Le cadeau c'est que je débarque à l'improviste, pour découvrir ce que tu veux me cacher. Je suis prêt à tout voir, tout entendre, mais je ne veux plus qu'on vive comme ça. Le cadeau c'est que je te libère de ton secret.

— Non mais il n'y a pas de secret, Frédéric, c'est juste que…

— Je peux entrer ?

— Je ne sais pas.

— Claire… »

Je me décale, presque malgré moi. Il entre. Le moment de vérité.

« C'est vraiment très beau chez toi ! J'adore !

— Merci. Pardon pour le désordre.

— C'est vrai que la vision de cette télécommande posée légèrement de biais m'est insupportable.

— Tu es bête…

— Je m'en vais donc à la découverte de ton capharnaüm ! »

Il regarde à gauche et à droite, marche jusqu'à la porte de la chambre, « je peux ? », il entre sans attendre ma réponse, puis enchaîne avec la salle de bains, d'où je l'entends s'exclamer « tu sais que je n'ai jamais vu un bac de douche aussi rutilant, il m'éblouit presque », et je secoue la tête en souriant, comme je le ferai sans doute un jour avec mon enfant. Frédéric me rejoint au salon, il me tend la main, rassuré semble-t-il, mais d'autant plus dubitatif, au final.

« Mais que veux-tu me cacher, alors ?

— Tout ça.

— Quoi, les livres ? Mais j'en ai presque autant que toi, enfin ! Et ça me fait un effet plutôt… »

Sa main court sur mes fesses, je l'interromps avec douceur : « Non, mais regarde-les bien. » Il s'exécute, passe en revue la première bibliothèque. « Il y a beaucoup d'auteurs que j'aime, je ne vois pas où est le problème… Joyce, top, Nabokov, pas lu celui-ci mais adoré *Lolita*, *Pour que tu ne te perdes pas dans le quartier*, très bon, Péguy, intéressant, *Les Hauts de Hurlevent*, sympa, Proust, génie… » Il continue son passage en revue, lève et baisse la tête, furète, tombe sur *Rivages en aplomb*, qu'il devait espérer y trouver, l'ouvre et lit, sourire aux lèvres.

« Ma dédicace était prémonitoire, tu l'as volé, mon cœur, et bien volé.

— J'espère juste que tu ne voudras pas le récupérer dans quelques minutes.

— Ne dis pas de bêtises. Tiens, mais tu n'as pas *Charbons de paille* ? » Si, il est dans le tiroir de ma table de chevet. « Non. J'attends que tu me l'offres. Dédicacé, bien sûr. »

Son inspection de ma bibliothèque est longue et minutieuse. Mais comme il n'ouvre pas les livres, il ne se doute encore de rien. Nos derniers moments d'insouciance, de légèreté ?

« Écoute Claire, je ne vois pas l'ombre d'un Françoise Bourdin ou d'un Anna Gavalda, donc tout va bien, rien de rédhibitoire, enfin !

— Oui, mais…

— Oh, tu aimes Maurice G. Dantec ? C'est un auteur très masculin, je trouve. Mais je ne suis pas surpris que tu adhères.

— Il n'y a pas que des livres que j'aime, là-dedans.

— Vraiment ? Un livre que je n'aime pas, je ne le garde pas.

— Justement, certains textes m'ont moyennement plu, mais il y a autre chose qui peut en faire des œuvres importantes pour moi, enfin, selon mon point de vue de collectionneuse. Comme l'histoire de ton cœur, par exemple.

— Ah, au-delà d'une bibliothèque, c'est donc une collection ? Intéressant.

— Tu trouves ?

— Oui ! »

Alors je lui dis tout.

J'ai eu peur pour rien, comme toujours. Frédéric n'a pas fait le début d'une once de rapprochement. D'ailleurs comment le pourrait-il : pour lui la dédicace à Salomé est unique, précieuse, elle doit donc être choyée par sa dédicataire qui jamais ne s'en serait séparée, et ne peut donc se trouver entre les mains d'une lectrice lambda ! J'aurais dû m'en douter ; j'ai perdu du temps, comme toujours. L'histoire de ma vie.

« Quand as-tu commencé ta collection ?

— Le 9 mai 1997.

— C'est drôle que tu t'en souviennes avec tant de précision !

— C'était le jour de mes dix-huit ans, ça facilite.

— En effet.

— Maman m'a offert, enfin, plutôt remis un livre, *De l'inconvénient d'être né*, de Cioran.

— Elle lisait beaucoup ?

— Non, jamais, donc j'ai été surprise, mais en fait, ce livre venait de mon père.

— Ah ?

— Oui, il me l'avait offert le jour de sa mort, mais je n'en avais jamais rien su. J'avais douze ans, à ce moment-là, j'étais très mature, mon père et moi lisions beaucoup, il me prêtait ses livres en cachette de ma mère en me disant quelles pages sauter, quand il y avait des scènes de sexe.

— Et toi, tu les lisais évidemment !

— Non, il me faisait confiance, jamais je ne l'aurais trahi. Et puis neuf fois sur dix le sexe est superflu, en littérature, il ne dit rien des personnages, enfin, l'auteur préféré de mon père était Cioran, donc, il le relisait sans cesse, et peu de temps avant sa mort je lui avais emprunté *Précis de décomposition* et je n'y avais rien compris, mais alors, rien du tout.

— Il faut dire que ce n'est pas une lecture pour une enfant de douze ans… Même à un adulte un peu dépressif, je déconseillerais.

— Pour faire court, mon père s'est suicidé.

— Ah.

— Et il a voulu m'offrir ce livre, donc, *De l'inconvénient d'être né*, sur lequel il m'a laissé une longue dédicace afin que je comprenne son geste.

— Et tu l'as compris ?

— J'aurais bien aimé, mais je ne l'ai eu que six ans plus tard.

— Le jour de tes dix-huit ans, donc.

— Oui. Ma mère me l'avait caché tout ce temps. »

Je ne sais pas pourquoi, ni comment, j'ai la sensation d'être guidée par une volonté autre que la mienne, une volonté sans pudeur, sans garde-fou ; et je m'entends lui dire : « Tu veux lire la dédicace qu'il m'a écrite ?

— Bien sûr, enfin, oui je voudrais bien, mais je ne veux pas que ça te gêne. »

J'attrape le livre, il me tombe sous les doigts sans même que je regarde, rangée du milieu, entre Sainte-Beuve et Bonnefoy, et je le tends à Frédéric. « Je ne l'ai jamais fait lire à personne, tu sais. »

Frédéric prend le livre avec douceur et gravité, l'ouvre à la page de garde, et commence à lire. Je suis les mouvements de ses yeux et, mentalement, je lis avec lui. Je connais chaque mot par cœur, évidemment. Je les ai lus, je ne sais pas, peut-être cinq mille fois ? Ça y est, Frédéric a lu la page de garde, il tourne avec précaution, comme s'il tenait une bible ancienne ; et il lit son verso. Mon édition de *De l'inconvénient d'être né* n'a pas de page de titre, seulement une page portant le *I* du premier chapitre, papa a écrit sur cette page, et sur son verso également ; quatre pages, trente-sept lignes, six cent quarante-neuf mots. C'est long à lire pour Frédéric, une éternité à attendre pour moi ; je me suis toujours demandé si papa avait écrit cela d'un trait, ou s'il avait fait un brouillon, d'abord. Je ne saurai jamais, et de toute façon, je ne sais pas ce que j'aurais préféré, cela poserait trop de questions dont je préfère que les réponses me restent étrangères. Ça y est, je crois que Frédéric a fini. Il referme le livre en expirant doucement ; j'attends qu'il parle et c'est drôle, j'ai une appréhension, comme si j'attendais un avis critique sur ce que m'a écrit mon père – une validation, en quelque sorte. Ça n'a pas de sens.

« C'est magnifique, ce qu'il te dit. J'en ai des frissons.

— Je trouve aussi. Le problème, c'est que ma mère a jugé que j'étais trop jeune pour lire à la fois le livre et la dédicace.

— C'est dommage.

— Très. J'ai donc passé six années à croire que mon père avait mis fin à ses jours comme ça, sans prévenir, sans rien me dire, sans rien me laisser. Un abandon pur et simple. Le jour de mes dix-huit ans, donc, quand ma mère me l'a enfin donné, j'ai lu, j'ai pleuré, et je l'ai giflée. Très fort. Nous étions fusionnelles jusque-là, inséparables depuis la mort de papa, et j'ai eu le sentiment qu'elle m'avait arraché tout cet amour, car c'était aussi de la détresse, de la solitude, j'ai eu le sentiment qu'elle m'avait laissée volontairement en insécurité pour que j'aie encore plus besoin d'elle, pour que je l'aime à la hauteur de ma souffrance. Elle m'a privée d'une béquille pour être celle qui pousse la chaise roulante, afin de m'être indispensable. J'ai vécu cela comme une trahison.

— Je pense qu'elle a cru bien faire. Cioran, c'est le philosophe du désespoir, et déjà que ton père venait de s'ôter la vie... Elle a pensé que tu n'avais pas besoin de ça.

— Lire un livre n'a jamais tué personne, et c'est donner trop d'importance aux philosophes que de croire qu'ils ont un impact réel sur la vie des gens ; pardon Frédéric, mais c'est vrai. Ce qui aurait pu me tuer, par contre, c'est de ne pas savoir que mon père s'est suicidé parce qu'il avait un cancer du pancréas incurable, qu'il était condamné et qu'il a préféré être maître de son destin. Apparemment, mourir de ce cancer est atroce, une torture insupportable, et lui n'a pas voulu ça, mon père n'a jamais plié le genou devant personne, enfin, tu as lu, tu vois comment il était...

— Je le devine, oui.

— Je ne voulais pas que ce livre devienne une sorte de totem, tu vois, une relique taboue, alors j'ai décidé de dénicher d'autres livres avec des dédicaces, de vraies dédicaces, qui ont du sens, du fond, pour que Cioran soit entouré de ses pairs, et mon père aussi. Pour qu'il soit ce qu'il est, une histoire parmi d'autres, enfin, deux histoires parmi des paires d'autres. C'est comme ça que ça a commencé. »

Ça y est, j'arrête la pilule. Frédéric en avait déjà parlé, bien sûr, il m'en avait en quelque sorte donné l'autorisation implicite, mais j'ai préféré attendre, et décider moi-même du jour où cela se produirait. Et c'est aujourd'hui. Je viens de finir ma plaquette – mieux vaut je pense respecter les cycles, même artificiels – et je n'en achèterai plus d'autres, jamais ; si tout se passe bien, après mon accouchement, je passerai au stérilet. J'ai l'impression d'être une droguée qui prend son ultime shoot, une fumeuse qui expulse sa dernière bouffée de goudron ; ces granulés m'accompagnent depuis mes dix-sept ans.

J'ai annoncé ma décision ce matin à ma médecin généraliste, qui a mon âge et avec qui j'ai développé au fil des années une complicité non feinte ; elle m'a dit qu'elle était ravie pour moi, qu'elle espérait cette annonce depuis longtemps. Je m'attendais à une longue énumération des difficultés qui me guettaient, au vu de mon âge, je l'imaginais égrener des pourcentages et statistiques comparatives avec les femmes mieux en âge de procréer ; elle s'est contentée d'un « ce sera moins facile que pour une gamine de vingt ans, mais on va y arriver » accompagné d'un beau sourire. Je lui ai demandé si je devais, comme j'avais vu faire dans les films, surélever mes jambes après le rapport pour faciliter la progression des spermatozoïdes ; ses belles fossettes se sont creusées à nouveau, au milieu de ses joues, et elle m'a dit que tout ce qui ne pouvait pas nuire était bon. J'ai aimé cette phrase. J'ai eu envie d'en faire une philosophie de vie, mais je n'ai plus le temps pour ces niaiseries, maintenant, je dois faire un bébé.

D'après saint Internet, il faut en moyenne soixante-dix-huit rapports à un couple pour que la femme tombe enceinte ; à raison de treize rapports mensuels, cela prend donc six mois. Au mieux ; moi je suis au bout de la chaîne, pas loin de la péremption, je me dois donc d'être d'un pessimisme appliqué et constant. Quand je lis qu'une fois libéré un ovocyte n'est fécondable que durant douze à vingt-quatre heures, je table sur dix, considérant la vétusté de ma machine à incuber ; quand on me dit que les spermatozoïdes restent actifs et fécondants pendant trois à cinq jours dans mes voies génitales, je mise sur deux, tout au plus, imaginant mon environnement intime devenu froid, sec, hostile à ces créatures fragiles. Les spécialistes recommandent des rapports tous les deux jours à l'approche de la date d'ovulation ? Ce sera deux par jour, et avec le sourire, s'il vous plaît. J'ai lu les astuces de certaines mamans sur les forums spécialisés : la plus appréciée semble être de faire quotidiennement dès la fin de son cycle un test d'ovulation sur une bande urinaire (qui ressemble à s'y méprendre à un test de pH pour piscine) ; on place chaque jour les bandelettes les unes à côté des autres, et le nuancier ainsi obtenu nous renseigne sur la survenue prochaine de l'ovulation – c'est là qu'il faut donner un coup de fouet, autrement dit, donner envie à monsieur de réitérer autant que possible dans une fenêtre de vingt-quatre heures. Pour ce faire, je vais investir dès demain dans divers sex-toys, et peut-être que les techniques que Laurent a exigé que j'apprenne jadis me seront finalement utiles. Je m'imagine dire un jour à ma fille « tu sais chérie si tu es née c'est grâce à ma savante stimulation de la prostate de ton papa, ah oui bien sûr il faut passer par l'intérieur sinon ce serait trop simple » enfin non, je ne me l'imagine pas, ce serait affreux, mais bien moins toutefois que de n'avoir pas d'enfant à qui le raconter.

J'ai lu des choses décourageantes, aussi, à propos de la muqueuse utérine, de la glaire cervicale (qui comme son nom ne l'indique pas se situe bel et bien dans l'utérus), de l'état des trompes de Fallope, enfin tout ce qui tient peu ou prou lieu de tuyauterie et qui, comme de bien entendu, s'encrasse fortement avec l'âge. D'ailleurs, de tous les facteurs ayant un impact sur la fertilité, parmi lesquels le tabagisme (je n'ai jamais fumé), l'alimentation (les filles au boulot disent que j'étais *healthy* avant l'heure), le stress (ce n'est pas la même chose que les angoisses, je crois), le surpoids ou la maigreur (je suis mince, pas maigre) et la consommation d'alcool (bon, on ne peut pas tout avoir non plus), c'est évidemment l'âge qui a la plus grande incidence ; si à vingt-cinq ans, votre probabilité de féconder est de vingt-cinq pour cent par cycle (soit un confortable quart de chance que cela fonctionne du premier coup), à quarante ans il n'est plus que de six pour cent : à peine plus d'une chance sur vingt. C'est maigre. Au-delà de quarante-cinq ans, la probabilité devient quasi nulle ; il n'y a que pour Adriana Karembeu ou Monica Bellucci que cela fonctionne, et moi je ne suis pas taillée pour la double page de *Paris Match*.

Je me demande si Salomé a un enfant. Je suppose que dans le cas des femmes comme elle, la réponse est simple : si Salomé a voulu un enfant, alors elle en a un ; si Salomé n'a pas voulu d'enfant, alors elle n'en a pas. Chez certaines, c'est aussi simple que cela. Elles n'ont pas besoin de se demander quand, comment et pourquoi ; elles n'ont qu'à estimer que c'est le *bon moment*, et la nature fait le reste.

Je trouve inconsidéré que Frédéric veuille faire un enfant avec moi ; inconsidéré de son point de vue, bien sûr, moi je suis ravie, plus que ravie : je suis aux portes de la réalisation de mon rêve le plus précieux. Pourquoi moi ? Quelle raison objective fait dire à cet homme merveilleux : « Je connais cette femme depuis quatre mois, je pourrais avoir celle que je veux, n'importe laquelle des trois pétasses de ma séance de dédicaces, les trois en même temps peut-être, je pourrais avoir Pauline qui sait être très cochonne, je pourrais avoir la moitié des célibataires de Paris, dont la quasi-totalité des trentenaires, mais non, c'est Claire que je veux, Claire qui collectionne les livres dédicacés, Claire qui n'a jamais vraiment été aimée par un homme ; c'est à Claire que je veux faire un enfant alors que je la connais à peine et que moi, biologiquement, je ne suis pas le moins du monde pressé. » Je ne comprendrai jamais les hommes ; mais pour la première fois, cela fait de moi la plus heureuse des femmes.

Le dîner s'est très mal passé. Je me doutais que ce n'était pas une bonne idée, mais au final cela s'est révélé pire que je ne le pensais. Tout s'était déroulé pour le mieux, pourtant, jusqu'au moment du digestif. Frédéric avait insisté pour que nous invitions chez moi les filles du musée, enfin pas toutes les filles, celles que j'aime bien, Léa de l'accueil, Charlotte et aussi Virginie, ma supérieure ; maintenant qu'il avait pratiquement emménagé chez moi, Frédéric voulait tout connaître de ma vie, et aimer les gens que j'aime.

Cela a fort bien débuté d'ailleurs, c'est Frédéric qui a cuisiné, sashimi de daurade en entrée, nouilles *soba* au sésame torréfié (sa spécialité) et bœuf aux quatre épices en plat, et pour finir, pain perdu accompagné de sa glace vanille aux noix de macadamia – les Japonais n'étant pas très *dessert*, mieux vaut s'en tenir aux valeurs sûres. Les filles étaient repues et ravies, ne tarissant pas d'éloges sur les saveurs nouvelles offertes par mon homme. J'étais heureuse : je voyais leur manière de regarder Frédéric, elles se disaient qu'il n'est pas seulement beau, qu'il n'est pas seulement écrivain, qu'il n'est pas seulement philosophe, mais qu'il fait aussi la cuisine avec un indéniable talent et que, en toute logique, le sexe doit être du même acabit ; elles se disaient que j'avais attendu longtemps mais pas en vain, car cette fois, c'était le bon, j'avais tiré le *gros lot*. J'ai eu de la peine pour Léa, qui forcément a dû faire la comparaison avec son fan du Paris Saint-Germain ; qu'a-t-elle bien pu inscrire mentalement dans la colonne *Père d'Enzo* face à la colonne *Frédéric* ? Une seule chose, sans doute : Enzo.

C'est après le digestif, un vin de prune tokyoïte liquoreux et tout à fait délicieux, que tout a dérapé : nous avons comme je le craignais commencé à parler littérature. La catastrophe était donc inévitable.

En prémices, Léa (qui a eu la gentillesse d'acheter *Rivages en aplomb* et de le lire avant cette soirée) a dit à Frédéric que son roman était très réussi, à tel point qu'il lui avait fait penser à du Anna Gavalda ; Frédéric a alors été saisi d'une sorte de réflexe de crispation si fort que j'ai cru qu'il allait briser le pied du verre ballon qu'il tenait dans sa main. Mais il n'a rien dit, a très vite repris sa contenance et son sourire doux et personne, je crois, n'a rien deviné de son haut-le-cœur. C'est ensuite que les choses ont dégénéré. Tout est parti de Charlotte.

« Je suis vraiment admirative des écrivains, je ne sais pas d'où vous vient toute cette imagination, comment vous inventez toutes ces histoires.

— C'est la question à laquelle il est le plus difficile de répondre, tu sais. Les origines de l'inspiration, des idées…

— Oui, c'est fou la littérature je trouve, c'est tellement merveilleux !

— Je trouve aussi.

— Par exemple, dans le Marc Levy que je viens de finir, un homme emménage dans l'appartement d'une femme qui est dans le coma, bon, jusque-là, rien d'extraordinaire, sauf que le fantôme de la fille est resté dans l'appartement, et ils vont tomber amoureux ! C'est fou d'imaginer une histoire pareille !

— Oui, non mais là tu ne parles pas littérature.

— Si, Marc Levy, tu ne connais pas ?

— Oui, je connais Marc Levy le raconteur d'histoires imprimées dans des livres, mais à moins qu'il n'ait un homonyme, le concernant nous ne parlons pas de littérature. Nous parlons du livre en tant que marchandise, nous parlons d'écriture, à la limite. Pas de littérature.

— Je trouve ça nul, ces histoires de Levy-Musso, tout le temps, avec vous les intellectuels. Comme si c'était la peste. »

Frédéric a tenté une ultime fois de se radoucir.

« Non, mais je ne dis pas que c'est la peste, pas du tout, je dis juste que la littérature suppose un niveau d'exigence minimum.

— Mais c'est bien écrit !

— Non, ça n'est pas bien écrit.

— Moi, je trouve.

— Quand on n'a pas vu la mer, on trouve que dans un lac il y a beaucoup d'eau, c'est sûr, mais je t'assure que non, vraiment. Non.

— Tu serais pas un peu jaloux ? Parce qu'il vend des millions de livres et pas toi ? »

Frédéric est un homme doux, tolérant, compréhensif sur bien des sujets ; mais là, c'en était trop pour lui. Moi qui pensais avoir des idées bien arrêtées, être comme on dit une lectrice exigeante, j'ai trouvé mon maître : Frédéric est impitoyable.

« Je suis jaloux de son argent, éventuellement, mais pas de la manière dont il l'a amassé, crois-moi. Charlotte, regarde-moi, tu peux dire que tu aimes, je ne te le reprocherai pas, mais tu ne peux pas dire que Levy c'est de la littérature.

— Si, je le dis, Levy c'est de la littérature.

— Non, tu n'as pas le droit de dire ça. Je te refuse le droit de dire ça. En disant cela tu salis les auteurs de littérature.

— Dont tu fais partie, je suppose ? »

Cette intervention provocante de Virginie, à la limite de l'agressivité (elle n'est pas la patronne pour rien), a définitivement mis le feu aux poudres.

« Je ne sais pas si j'en fais partie, seul l'avenir le dira, mais en tout cas je fais tout pour en être digne ! Je ne me vautre pas dans la facilité, je ne cherche pas le joli, moi, je cherche le beau. Levy et Musso savent peut-être écrire des histoires, mais ils ne savent pas écrire.

— Tu ne vas pas nous faire le coup de la sous-littérature, quand même ?

— Bien sûr que si ! Et c'est même flatteur pour eux car dans *sous-littérature* il y a *littérature*.

— Et tu assumes en plus !

— Mais oui, bien sûr, et ça n'est pas honteux de le dire, il y a une sous-littérature ! Tout comme il y a un sous-cinéma, d'ailleurs, ça s'appelle les téléfilms, c'est sympathique les téléfilms, ça divertit, mais ça n'est pas du cinéma, tout le monde le reconnaît, tout le monde s'en rend compte, et ça ne gêne personne de le dire ! Dis-moi Charlotte, sincèrement, est-ce que les téléfilms avec Mimie Mathy c'est du cinéma ?

— Non, quand même.

— Eh bien voilà ! Tu n'es pas vaniteuse pour autant ! Ça ne mérite pas d'être qualifié de cinéma car on n'y met pas les mêmes moyens et surtout pas la même exigence. Au cinéma on fait dix prises, vingt, trente, même quand la cinquième semble parfaite, comme en littérature on réécrit dix fois la même phrase, à la recherche de la perfection. En sous-littérature, on écrit sa phrase et si elle est intelligible on passe à la suivante : une prise suffit, c'est l'efficacité qui compte. L'efficacité, c'est le contraire de l'art. La sous-littérature, c'est écrire à l'économie dans le but avoué de gagner beaucoup d'argent. C'est la contamination de l'art par l'économie de marché, et tu sais quoi, ton Marc Levy est un Trump avant l'heure, finalement.

— C'est fou de dire des choses pareilles ! Tu sais, Frédéric, je ne lis pas Levy et Musso, moi non plus, mais je trouve dégueulasse que tu juges Charlotte.

— Je ne juge pas Charlotte, je lui explique juste qu'elle ne lit pas, elle se divertit, tout comme lorsqu'elle regarde TF1, elle n'est pas au cinéma, point. Céline c'est équivalent à Kubrick, Proust c'est Woody Allen, mais Marc Levy c'est quoi ? C'est *Camping Paradis*, et Musso c'est *Joséphine ange gardien*, voilà la vérité. Et tous les *feel-good books* à la con qui sortent par dizaines, là, ce sont les téléfilms sentimentaux qu'on se tape les après-midi pendant les vacances de Noël, c'est du prêt-à-lire, point. Et moi j'aime la haute couture.

— Oui, tu es snob.

— Non, je suis exigeant.

— Mais arrête, avec ce mot, *exigeant*, c'est désagréable et ça ne veut rien dire, c'est comme les critiques à la radio qui disent attention c'est un livre qui se mérite, c'est quoi un livre qui se mérite, c'est un livre chiant et incompréhensible, c'est tout ! »

Frédéric semblait à bout, il est allé à la fenêtre fumer une cigarette. Les filles étaient un peu secouées, Léa n'était pas intervenue une seule fois mais elle n'en paraissait pas moins contrite ; je pense qu'elle faisait le parallèle entre la littérature et la vie, réalisant que l'abaissement forcé de son niveau d'exigence l'avait conduite bien malgré elle à épouser un *SAS* de Gérard de Villiers. Charlotte m'a regardée longtemps, j'ai cru que jamais elle ne me poserait la question qui semblait lui brûler les lèvres.

« Claire, toi qui lis beaucoup, tu ne lis jamais de, euh, je ne sais pas comment dire, de livres grand public ?

— Moi, j'appelle ça les livres gentils.

— Moi, j'appelle ça de la merde ! »

Frédéric n'avait pas pu se retenir, il s'était retourné vers nous, et ça y est, le mot était sorti de sa bouche ; le Styx venait d'être traversé, impossible de revenir en arrière. Virginie a vu rouge.

« Ah, c'était du prêt-à-lire, maintenant c'est de la merde ? Les masques tombent !

— C'est un titre de Michel Bussi ça, non ?

— Attention Frédéric, tu deviens condescendant.

— Justement, ce qui est condescendant c'est de se dire que les gens doivent se contenter de lire ça, qu'ils ne valent pas mieux. Parce que crois-moi, si ces auteurs veulent se persuader que leurs écrits sont aussi nobles que du Camus, les éditeurs, eux, savent très bien ce qu'ils vendent. Il n'y a qu'à voir le mauvais goût des couvertures, toujours des dessins simplistes, du pastel, vous avez remarqué ? C'est horrible !

— Une fois de plus, c'est subjectif.

— Tu veux de l'objectif, du quantifiable ? Très bien. Tu écoutes des livres audio, Virginie ?

— Ça m'est arrivé.

— Moi aussi. J'en ai écouté un de Levy, parce que j'estime qu'il faut connaître pour bien critiquer, et ensuite un de Modiano. La musique qui est jouée en introduction des chapitres de Levy, ce sont quatre accords de synthétiseur, en boucle, avec une boîte à rythmes affreuse derrière, le tout sans même une mélodie par-dessus, soit en gros, quatre fois quatre notes répétées pendant une douzaine de secondes. On se doute, déjà, que quelque chose ne va pas aller. La musique du Modiano, par contre, c'est une pièce postmoderne exécutée par un virtuose, complexe, jouée sur un vrai piano avec des accords renversés, des quartes, des quintes et que sais-je encore. Sur la même durée, peut-être, je ne sais pas, cent cinquante, deux cents notes ? Voilà qui en dit long sur la perception qu'ont les éditeurs des œuvres de leurs auteurs, non ?

— Si tu le dis…

— Oui, je le dis. Et d'ailleurs, tout est dit. Maintenant je me tais. »

Plus personne n'a eu envie de parler, après ça. Les filles ne sont pas parties tout de suite, afin de préserver l'illusion qu'au final tout cela n'avait pas été une dispute mais simplement une discussion que la passion avait trop agitée ; mais personne n'était dupe, en vérité. Elles ont attendu dix minutes, parlant entre elles de sujets futiles, puis Léa a bâillé ostensiblement et elles sont parties en meute. J'étais désolée, et consciente que les choses seraient différentes, après cela.

Je ne peux pas en vouloir à Frédéric, sur le fond je suis du même avis que lui ; et de même qu'il ne faut pas, lorsqu'on organise un dîner, convier à la fois des lepénistes et des Insoumis, j'éviterai à l'avenir de confronter Frédéric à des aficionados de livres gentils. Pour le bien de ma vie sociale.

Je suis ravie d'avoir ce Natalys près de chez moi. J'ai testé d'autres boutiques de puériculture, dans les environs, mais définitivement mon choix se porte sur celle-ci, elle sera mon quartier général secondaire de future maman – et c'est là que je ferai ma liste de naissance, j'en ai dorénavant la certitude.

Je pense à toi. À ton corps nu.

Je m'imagine déjà, le ventre arrondi, baguenauder au gré de mes envies, un long moment du côté de la literie et de la décoration de la chambre, un moment encore plus long entre les rayonnages de vêtements pour zéro à six mois, avec ces bonnets si petits, ces turbulettes douces et chaudes, et ces chaussettes, mon Dieu, la beauté de ces chaussettes minuscules ; et puis il faudra passer aux choses sérieuses et indispensables, et aller examiner, vers le fond, les poussettes et les sièges-autos car oui, Frédéric a une voiture – j'ai lu à ce propos que les pays scandinaves ayant rendu obligatoire le siège bébé dos à la route ont un taux de mortalité des enfants cinq fois inférieur au nôtre, c'est effarant cinq fois, comment expliquer que cela ne soit pas obligatoire chez nous, on légifère au niveau européen sur la puissance minimale d'une plaque de cuisson dans les établissements de restauration rapide sous peine de lourdes sanctions, mais on laisse des enfants mourir sur nos routes, c'est désolant.

Moi aussi. J'ai envie de te faire l'amour.

Le vrai dilemme, ce sera allaitement ou biberon. Là, dans tous les cas, il y a à gagner autant qu'à perdre. Maman m'a toujours dit que j'avais ruiné ses seins, qui selon elle seraient passés de poires superbes et charnues à pathétiques gants de toilette en l'espace d'une année à peine ; en contrepartie, je n'avais été que très peu malade, enfant, elle se souvenait même d'une année de maternelle où je n'avais pas raté un seul jour d'école, preuve incontestable de la qualité des anticorps transmis par son lait. Je la soupçonne en vérité de m'y avoir envoyée même fiévreuse, mais à quoi bon, je ne saurai jamais.

> Tu voudrais me faire l'amour là, tout de suite ?

L'OMS recommande l'allaitement au sein exclusif pendant les six premiers mois de la vie de l'enfant, ils sont très clairs sur le sujet, fermes, même ; mais visiblement cela vaut plus pour les pays pauvres que pour nous, à croire que nos enfants n'ont pas besoin de ça, alors je ne sais que penser, ni que faire. Donner ce qu'il y a de mieux à mon enfant ? Ou préserver mon corps, le garder beau aussi longtemps que possible, pour moi, pour Frédéric ?

> Oui, maintenant. Je suis chez moi, volets fermés, plongé dans le noir. Tu n'auras qu'à pousser la porte et nous ferons l'amour sans nous dire un mot. Viens.

Ces papiers peints sont irrésistibles ; et je n'imaginais pas que l'on puisse trouver d'aussi beaux doudous, de véritables petits objets d'art, accouplement réussi des créatures de Tim Burton et de Miyazaki.

« Garçon ou fille ?

— Pardon ?

— Vous attendez un petit garçon ou une petite fille ?

— Ah non, je ne suis pas enceinte, enfin, je ne crois pas, c'est trop tôt.

— Pardon, vous teniez votre main sur votre ventre comme toutes les futures mamans, donc j'ai cru…

— Je prends ça comme un présage !

— Oui, je vous le souhaite !

— Merci. »

J'aime beaucoup cette petite vendeuse, décidément, ce magasin remporte tous mes suffrages. Si on me permettait de choisir, là tout de suite, entre un garçon ou une fille, il est évident que je choisirais une fille. Les garçons sont trop énergiques, les filles sont tellement plus calmes, c'en est même surprenant, je le vois, au musée, ceux qui se risquent à amener leurs enfants subissent deux types de représailles très différents de la part de leur progéniture : les garçons crient, courent, pleurent, et finissent par sortir, victorieux, sur l'épaule de papa ; les filles, elles, boudent un peu, disent « j'en ai assez », et terminent la visite dans l'espoir que la promesse d'une hypothétique glace sera tenue. Mon choix est vite fait. On devrait avoir des enfants selon son âge : à la jeunesse, l'énergie inépuisable des garçons ; aux autres, la délicatesse exigeante des petites filles.

Mais je suis à Milan, Frédéric. Un shooting. Je ne te l'avais pas dit ?

Il doit être tellement contrarié. Il s'imaginait déjà avec Salomé, à lui faire des choses qu'il ne me ferait pas à moi, ou à les lui faire mieux qu'à moi, parce qu'avec une fille comme Salomé on donne tout, il faut prouver qu'on est le meilleur car on n'aura peut-être pas d'autre chance ; les filles comme elle n'ont pas d'effort à fournir, elles n'ont pas à être vaillantes ou inventives, elles savent que pour les hommes, la simple contemplation de leur corps parfait vaut toutes les gorges profondes du monde. Je suis sûr qu'il bandait déjà.

Tu ne réponds pas, Frédéric ? Tu es déçu ?

Si Salomé avait été dans les parages, il m'aurait trompée avec elle, chez lui, au moment exact où j'étais en train de préparer la venue de l'enfant que nous voulons avoir ensemble. Les hommes sont vraiment capables du pire ; bien sûr, je ne connais pas d'homme qui dirait non à une femme sublime, mais tout de même, j'aurais aimé que Frédéric fût l'exception. Comme quoi, les illusions ne meurent jamais vraiment.

Oui, très déçu. Et je préférais quand nous nous vouvoyions.

Voilà ce qui arrive quand on n'est pas concentrée sur ce que l'on fait : je l'ai tutoyé sans même m'en rendre compte. Ces derniers temps je ne suis plus assez prudente, mardi dernier, il est arrivé chez moi et mon téléphone Salomé était posé sur le guéridon, j'ai bien mis cinq minutes à m'en rendre compte, heureusement Frédéric n'y a pas prêté attention. Je déteste mentir, je ne sais pas ce que je lui aurais dit, s'il m'avait questionnée à ce sujet, j'aurais tenté d'improviser quelque chose, bredouillante, les joues rouges. Coupable.

J'ai promis à Frédéric des *penne all'arrabbiata* pour ce soir ; il ne les mérite pas, c'est évident, mais que puis-je faire d'autre que de les lui cuisiner, moi qui suis censée être parfaitement aimée par l'homme parfait ? Tout cela est de plus en plus difficile à supporter.

Pour tenter de passer un peu de baume sur les cicatrices muettes de la soirée maudite, j'ai décidé de faire mine de m'intéresser au roman que lit assidûment Charlotte au moindre de ses moments libres ; elle en entame le dernier quart et la chose, intitulée *Une vie plus belle que mes rêves*, la captive au point de manger d'une main pour lire de l'autre.

« Ça a l'air passionnant ?

— Oui ! Enfin, pour moi.

— C'est-à-dire ?

— Ça ne te plairait pas, à toi. Pas ton genre.

— Je ne suis pas Frédéric, tu sais.

— Pas loin, quand même.

— Si je te dis que non ! Enfin, reconnais que tu m'as vue lire du Fred Vargas, je te l'ai même prêté !

— C'est vrai. Pourquoi, ton mec estime que Vargas, c'est nul aussi ?

— Oui. Le polar, c'est commercial pour lui. Alors que moi, j'adore, tu le sais. S'il y a une intrigue dans ton roman, je suis capable d'apprécier, sans problème.

— T'es sûre ?

— Complètement sûre.

— Je l'aurai fini ce soir, demain je te le prête. Tu veux lire la quatrième ? »

Elle me tend le livre, dont le format exagérément grand me dérange déjà ; mais je suppose qu'il faut être voyant pour se vendre – on croise peu de prostituées vêtues à la Audrey Hepburn. Avant de lire la quatrième, c'est la vision pleine face de la couverture qui me heurte : tant de pastels, c'est affreux, enfin, tout est relatif bien sûr, sur les murs d'une chambre d'enfant ce fond bleu et ces nuages seraient charmants, mais sur la couverture d'un livre, non, décidément, l'indigestion de sucré me guette.

« Tu aimes la couv ?

— Beaucoup. »

La frontière entre amitié et bonne entente prolongée entre collègues est souvent ténue, au point que l'on fait des allers-retours, parfois ; je me suis récemment rendu compte que j'avais de l'amitié pour Charlotte, une amitié sincère. Elle valait donc ces quelques compromissions – je préfère toutefois que Frédéric n'en sache rien. Cette couverture comporte, outre un fond bleu ciel et des nuages cotonneux, les deux autres éléments capitaux et distinctifs des *feel-good books* : une silhouette de femme, et le mot *vie* dans le titre. À la suite de la soirée, et pour me prouver le bien-fondé de ses dires, Frédéric avait lancé sur son iPhone la recherche *feel-good books* : sur les vingt premières occurrences, sept contenaient le mot *vie*, huit étaient sur fond de ciel et de nuages blancs, et douze, oui douze, affichaient une silhouette de femme, au cas où l'on n'aurait pas compris à qui cela s'adresse. Tant de créativité force le respect : dans le monde idéal des graphistes de maisons d'édition, il doit y avoir trois ou quatre sortes d'êtres humains, pas plus, à quoi bon puisque le bonheur est dans l'uniforme. J'ai également remarqué la présence non négligeable de quatre parapluies : occurrences d'autant plus remarquables que sous un ciel azur parsemé de nuages immaculés, l'utilité de l'objet ne saute pas aux yeux. Ce n'est qu'après une longue réflexion que j'ai compris que ces parapluies étaient sans doute métaphoriques : *dans la vie* (oui, celle du titre), *il fait parfois mauvais*. Implacable, quasi subliminal ; on en déduira même qu'*après la pluie vient le beau temps*. Qu'on ne s'étonne pas des ventes par millions, puisque tout est là.

Je meurs d'envie de n'avoir jamais à ouvrir la chose, mais j'ai encore un petit répit, puisqu'il ne s'agit pour le moment que d'en lire la quatrième. Dès la première phrase, les mots me sautent au visage : l'héroïne de trente-quatre ans y est décrite comme « une mouette croisée avec un poisson rouge » ;

je ne sais pas si j'ai envie d'en rire ou d'en pleurer mais lorsque je lis immédiatement après que ladite héroïne virevolte dans la vie « sans chercher à panser les blessures du passé », je me dis qu'en une seule phrase il est sans doute impossible de faire pire. Et si l'on considère que la toute première phrase d'une quatrième de couverture est censée être l'élément déclencheur d'une envie de lecture, et donc d'un acte d'achat, l'on se dit que tout est perdu, qu'il est peut-être déjà trop tard. Charlotte, tendre et rieuse Charlotte, pourquoi t'infliges-tu cela ? « Alors, ça te donne envie ? Tu vas voir, c'est top, la fille est une loseuse, elle subit grave, et dès le début elle se fait virer de son boulot. Heureusement, sa meilleure amie lui dit qu'il est temps de faire un peu ce qu'elle veut, pour changer, et il va lui arriver des trucs dingues, je te dis rien de plus, enfin si, c'est quand même un livre marrant, la meilleure amie elle est *black* et naine, t'imagines ? » Oui, Charlotte, j'imagine. Et je vais me contenter d'imaginer, merci bien. Ma décision est prise : il est évident que je ne lirai pas cette chose. Je vais garder le livre, disons, une semaine, et je le lui rendrai corné à deux ou trois endroits bien visibles, en lui en disant le plus grand bien. C'est laid bien sûr, de faire cela à une amie, c'est hypocrite certainement, mais pour ma défense je peux arguer que j'aurai essayé, tout du moins que j'en aurai eu l'intention ; et comme je suis à peu près certaine qu'il est écrit, quelque part entre ces pages, que *c'est l'intention qui compte*, on pourra considérer que je suis raccord avec la philosophie de cet ouvrage imprimé ce qui, de fait, me dispense de le lire. La vie est parfois bien faite.

Je me demande, au fond, si les livres n'ont pas rendu ma vie plus complexe qu'elle ne l'aurait été, sans eux ; peut-être que, libérée de cette exigence de la forme et du fond, j'aurais ouvert mon esprit à d'autres *autres*, plus nombreux, dissemblables à ceux que j'ai cherchés toute ma vie, et que je n'ai jamais trouvés.

Enfin, tout cela c'était avant Frédéric, bien sûr. C'est étrange, je me surprends souvent à penser comme si cet homme n'avait jamais été dans ma vie, comme s'il n'était qu'un énième de mes fantasmes, de mes rêves de femme seule, et que j'allais soudain reprendre connaissance et me rendre compte qu'effectivement, je ne suis qu'une femme seule qui rêve. Ce réveil serait en quelque sorte rassurant, car autant la routine de la vaine recherche de l'amour est un doux espoir, autant vivre ce fol amour est un vecteur de stress et d'inconfort constants : le spectre de la perte est toujours là, immense et lourd. Mais entre la peur d'être seule et la peur de le redevenir, mon choix est fait. Et ce sont les livres qui m'ont conduite à Frédéric ; cela, je ne l'oublierai jamais.

Je tanne Frédéric depuis quelques semaines pour qu'il recommence à écrire, et si je sens qu'il est sur le point de s'y mettre, il rechigne tout de même à entamer ce si important – capital, en vérité – troisième roman. Après lui en avoir parlé, Frédéric m'a confié, et j'en ai été stupéfaite, que l'acte d'écrire n'était pas un plaisir immédiat pour lui, bien qu'il ait toujours eu le sentiment qu'il était fait pour cela. Ce sentiment ambivalent m'a beaucoup interrogée, et il a fini par se livrer plus longuement, un soir après l'amour. « Quand j'écris je suis en insécurité constante, j'ai peur de mal dire. Et quand je n'écris pas je suis tourmenté par l'idée d'avoir épuisé mon écriture, de n'avoir plus rien à dire. Pas de n'avoir rien à écrire, attention ce sont deux choses différentes, le syndrome de la page blanche c'est une connerie inventée pour rendre la création romantique, un mensonge pour les journalistes et les béotiens, en vérité un écrivain est toujours capable d'écrire des pages et des pages, sinon ce n'est pas un écrivain. Le truc, c'est de juger ces pages assez bonnes pour les garder, c'est là qu'est l'enjeu. Toute cette mythologie autour du métier d'écrivain, c'est quand même dingue, et puis il y en a toujours qui en jouent et qui en rajoutent, un peu comme les cons qui disent qu'écrire est une nécessité vitale pour eux. Un jour j'ai fait une table ronde avec d'autres auteurs de premier roman et un des gars, genre vingt-six ans les cheveux en bataille mais chino slim et ceinture Vuitton, quand même, a dit avec un aplomb incroyable : "Si je n'écris pas je meurs." J'ai eu envie de lui dire : "Mon gars, vous devez pas être au courant dans le 16e mais c'est si on ne mange pas, qu'on meurt, va demander au Yémen s'ils préfèrent une feuille et un stylo ou du riz et de la viande, tu vas voir, trou du cul", mais je n'ai rien dit évidemment, on ne dit rien dans ce milieu-là de peur d'en être exclu, et le pire c'est que les petites gonzesses au premier rang ont eu l'air d'y croire, au coup de l'écorché vif, elles frétillaient, il en a ramené une à l'hôtel, que veux-tu, toutes ces vieilles ficelles fonctionnent encore, alors si un jour je donne de grands entretiens, moi non plus je ne dirai pas que la page blanche, c'est une arnaque. Enfin tout cela pour te dire, ma chérie, qu'entrer dans le processus d'écriture d'un nouveau roman, c'est un peu difficile pour moi, c'est perturbant, même si je ne joue pas ma vie. »

Je trouve que ce qu'il dit est censé, intéressant, d'évidence sincère ; mais ne devrait-il pas justement être un peu plus dans cette posture de l'auteur qui ne vit que pour écrire ? Ne prend-il pas trop de recul en interprétant au pied de la lettre ces expressions certes toutes faites, mais tout de même très signifiantes ? Moi j'aime l'idée qu'un auteur ne vive que pour écrire ; Frédéric lui-même a toujours vécu dans et pour les livres, alors pourquoi intellectualiser à ce point, pourquoi dépassionner sa démarche, son acte d'écriture ? Pourquoi me faire de sublimes déclarations à moi, et ne pas les faire à l'acte d'écrire ? Cela fait d'ailleurs plusieurs fois qu'il me dit qu'il ne pourrait pas vivre sans moi ; pourtant il a un toit et de quoi s'acheter à manger, il pourrait donc, selon ses critères objectifs, tout à fait vivre sans moi. Est-il insincère pour autant ? Non, bien sûr que non, et si je doutais de sa sincérité lorsqu'il me dit ces mots, il le prendrait très mal. Alors pourquoi ne pas accepter de faire des déclarations du même acabit à l'acte d'écriture ? Il faudra que je lui en parle. C'est important pour sa carrière, la vérité et le raisonnable ne font rêver personne ; ils ne font en tout cas pas passer à *La Grande Librairie*. D'ailleurs, est-il possible d'écrire un grand roman si l'on n'a pas la conviction intime de jouer sa vie en l'écrivant ?

Frédéric m'a présentée à ses parents. À l'occasion de ses quarante ans, ils ont organisé une semaine de festivités et de retrouvailles familiales ; leur amour pour lui est débordant, dénué de toute complexité. C'est sans doute pour cela que l'amour semble à ce point évident pour lui, il a sous les yeux depuis toujours l'exemple du bonheur. Je ne sais pas si Frédéric est conscient de la chance qu'il a d'avoir à son âge son père et sa mère encore vivants, encore ensemble, encore amoureux. Papa et maman s'aimaient je pense, mais ils se disputaient souvent – pas des engueulades, ils n'avaient pas cette vulgarité, mais deux ou trois phrases fusaient, assassines, suivies de longs silences glaciaux. Je comprenais instinctivement qu'il fallait que je me taise, moi aussi, jusqu'à ce que la conversation reprenne, parfois au bout d'une heure, parfois le lendemain ; la rébellion adolescente m'aurait sans doute autorisée à briser avec fracas ce mur de silence, mais papa ne m'en a pas laissé le temps. Nous sommes chez les parents de Frédéric depuis trois jours, et pour deux nuits encore ; nous logeons dans la chambre d'amis de leur jolie petite maison près d'Avignon, où de nombreux membres de la famille viennent successivement passer un jour ou deux, parfois simplement une soirée. C'est festif, Frédéric est très apprécié des siens, son clan est fier de lui, de son métier de professeur, de ses livres surtout. Dès qu'elle m'a vue, sa mère m'a prise dans ses bras et m'a dit « alors c'est vous, la bonne ? » et je n'ai pas su quoi répondre ; je lui demanderai quand nous partirons si de son côté, elle le pense aussi. Dès le deuxième matin, après que nous avons passé la première soirée juste tous les quatre à manger, à boire du vin et à jouer au Scrabble (Frédéric ne m'avait pas dit qu'il adorait ce jeu, et les jeux de société en général), je faisais partie de la famille. Je m'en suis rendu compte au petit déjeuner : Annie a tartiné du beurre sur un long morceau de la baguette que Pierre est allé acheter au petit matin, elle a dit « celle-là est pour toi, Claire », j'ai tendu la main mais elle m'a fait attendre d'un geste, « il faut que le beurre fonde un peu au contact de la mie grillée, c'est comme ça que c'est le meilleur ». Au bout de quelques secondes, quand elle a estimé que les copeaux avaient suffisamment fondu, elle m'a tendu la tartine et m'a regardée croquer dedans, heureuse, prenant son plaisir à anticiper le mien ;

alors elle a eu un sourire satisfait et doux. J'ai reconnu ce sourire, un sourire de maman, il m'est revenu du lointain et j'ai senti un torrent de larmes monter et affleurer à mes yeux mais je me suis retenue en faisant semblant de tousser.

Ce soir ce sont ses trois cousins germains du côté de son père qui se sont joints à nous, ils ont offert à Frédéric une magnifique reproduction à l'identique des trois manuscrits de la Madeleine, de Proust, aux Éditions des Saints Pères ; Christophe, qui est professeur lui aussi mais de lettres, nous a expliqué avec une passion communicative que ces trois carnets contenaient les trois versions successives de l'épisode le plus célèbre de la littérature mondiale, celui de la madeleine qui réveille les souvenirs d'enfance. Dans la première version, il n'est question que de pain grillé trempé dans du thé ; dans la seconde version, le pain devient une biscotte ; la troisième version, enfin, consacrera définitivement les petites madeleines et les fera entrer dans la légende. Il est intéressant de constater à quel point les cadeaux que Frédéric a reçus toute la semaine montrent qu'il est désormais quasi exclusivement défini par son statut d'*écrivain* – à l'exception toutefois du très pragmatique et terrien chèque de vingt mille euros offert par ses parents. Quoique, à bien y réfléchir, ce geste de soutien financier montre qu'ils ont bien conscience qu'à de rares exceptions près, le métier d'écrivain ne nourrit pas son homme. Le cousin Christophe est charmant, lettré et célibataire ; je regrette que Léa ne soit pas là, afin qu'elle réalise soudain que le bonheur est possible, et qu'elle plaque tout pour partir avec lui.

« Au fait, je ne voulais pas faire une annonce officielle ou quoi que ce soit, mais puisque mes cousins préférés sont là, comme mes frères, et que papa et maman attendent ça depuis que j'ai vingt ans, je crois, sachez que Claire et moi essayons de faire un enfant. Voilà, c'est tout. »

Je ne m'attendais pas à cela, Annie me prend dans ses bras avant même d'aller vers son fils, les cousins sont heureux comme s'ils allaient devenir parrains demain, Pierre lâche « moi si je deviens grand-père j'aurai eu la vie la plus heureuse » et Frédéric a les yeux qui s'embuent, il se pince la racine du nez pour retenir les larmes, quatre jours d'alcool sans doute, la fatigue aussi, mais il me prend la main comme si nous étions devant l'autel, et cette fois au lieu de se serrer j'ai l'impression que mon cœur gonfle, qu'il grandit de recevoir tant d'amour, et déjà chacun y va de sa question et nous demande si nous comptons nous marier, si je préférerais une fille ou un garçon, si nous avons des idées de prénoms.

« Je me fiche du sexe, et les prénoms je n'y ai pas réfléchi, et toi ma chérie ?

— Pas vraiment non plus, mais j'aime beaucoup Marceau, pour un garçon, et pour une fille, peut-être Salomé ? »

Je ne sais pas pourquoi j'ai dit ça. Les mots sont sortis tout seuls ; et si personne ne remarque rien, je vois bien que Frédéric essaie au mieux de masquer les montagnes russes émotionnelles qu'il vient de vivre – après tout, je suis censée ne rien savoir, ce prénom sorti de nulle part ne doit être pour lui qu'une étrange coïncidence. Frédéric se rassoit, et je vois bien que son regard me fuit ; il bâille, étire grand ses bras, dit qu'il est l'heure d'aller se coucher.

Je jette le verre d'eau bouillante sur le sexe en érection de Frédéric qui hurle en regardant ses chairs rougir, puis se déliter par lambeaux et finir par fondre. Je sais que je suis dans mon rêve, je ne contrôle pas mais je surnage, en quelque sorte ; je ressens la violence comme si elle était réelle, j'en jouis en même temps qu'elle me dégoûte, et comme si tout était allé trop vite, la scène se transforme, le sexe de Frédéric se réassemble, et je le retrouve attaché nu à un poteau, au milieu de mon salon, entouré de mes piles de livres. Un couteau apparaît dans ma main, je frappe Frédéric au ventre, puis au cœur, plusieurs fois, le bruit de la lame qui pénètre les chairs est semblable à celui d'un gâteau qu'on découpe, et je finis par trancher son sexe d'où jaillit un geyser d'hémoglobine. Frédéric est sur le point de succomber quand il me dit « je t'aime, Claire, je n'ai jamais aimé que toi » et je me réveille, nauséeuse, infiniment triste, j'ai froid et je me serre contre lui, je serre si fort que je le réveille, il embrasse mon front et se rendort en soupirant d'aise.

Je me lève sans bruit, n'ose pas allumer les lumières dans le couloir ; à tâtons je cherche la porte des toilettes, quand j'entends des pas dans l'escalier, le vieux bois qui craque. Je suis en culotte uniquement, je me fige.

« Tu n'arrives pas à dormir ? C'est l'estomac, la daube de chez nous, quand on a pas l'habitude de manger…

— Mais je mange, Annie, je vous assure.

— Mince comme tu es ?

— Oui.

— Viens en bas, je vais te donner un citrate.

— D'accord, je passe un t-shirt et j'arrive.

— Pourquoi veux-tu te couvrir ? Quand tu allaiteras je les verrai tout le temps, tes seins ! Parce que tu comptes allaiter, n'est-ce pas ?

— Bien sûr.

— Allez viens. »

Je suis à demi nue face à ma belle-mère, dans sa cuisine, et même si elle a eu la délicatesse de n'allumer que la petite lumière de la hotte aspirante, je suis mal à l'aise.

« J'étais pas trop mal quand j'étais jeune, mais à quarante ans, comparée à toi, j'étais une sorcière. Tu es d'une beauté, ma petite.

— Vous dites ça parce que votre fils m'aime.

— Non, tu es vraiment très belle. Attends, ne bois pas tout de suite, le citrate n'est pas entièrement dissous. Et puis, je trouve que tu as une classe...

— Je ne sais pas quoi dire.

— Dis-moi juste que tu aimes mon fils, toi aussi.

— Bien sûr que je l'aime.

— Lui, il est fou de toi. Tu es folle de lui ?

— Votre fils est la meilleure chose qui me soit arrivée.

— Vas-y, tu peux boire.

— Merci.

— Tu n'as jamais essayé de faire un enfant, avant Frédéric ?

— Non, jamais.

— Tant mieux, ça va marcher. Ma copine Josy est voyante, une vraie voyante, elle est très prisée, soixante euros la consultation, je ne lui ai jamais rien demandé, tu sais moi ces bêtises je n'y crois pas beaucoup, ça ne m'inspire pas confiance, eh bien il y a quoi, un mois, le jour de la brocante, elle m'a dit "oh, tu serais pas bientôt grand-mère toi par hasard ?" et j'ai dit non, je ne savais même pas que Frédéric était avec quelqu'un de sérieux et puis ma fille que tu verras demain est lesbienne, Frédéric t'a dit que sa sœur Julie était lesbienne ? Oui ? Enfin cette histoire de Josy c'est bon signe, non ?

— Je ne crois pas non plus à la voyance, mais je reconnais que s'il existe des signes, celui-ci est bon.

— Je vais te dire franchement, Claire, tu vas penser que je suis mauvaise mère, mais moi avec une poitrine comme ça, je crois que je n'aurais pas allaité. »

Julie est arrivée au volant de sa Seat Ibiza grise dans un concert de klaxon ; nous sommes tous sortis l'accueillir, elle s'est empressée d'aller ouvrir côté passager d'où est sortie une fille à l'aspect très juvénile, vingt ans tout au plus – Annie a glissé entre ses mâchoires serrées « et maintenant, elle nous fait la sortie des écoles » ce qui a fait sourire Frédéric. Julie a embrassé sa jeune conquête à pleine bouche avant de claquer la portière et de lancer « comment va la famille, je vous ai manqué ou pas ? » et les trois de crier *oui* en chœur avant de descendre l'embrasser. Julie est de ces lesbiennes masculines que j'ai tendance à affectionner : j'ai toujours pensé que la sexualité de deux filles équitablement féminines et douces devait être d'un ennui mortel. Là, on sent bien qui doit pervertir l'autre, et ce doit être délicieux. Je n'ai eu qu'une expérience homosexuelle dans ma vie : j'ai détesté. Je loue chaque jour les hommes de ne pas ressentir une vive répulsion à la vue du sexe de la femme, et garde une tendresse infinie à celle qui a tout donné, le temps d'une nuit, pour tenter de me rallier à sa cause. « Alors c'est toi la fameuse Claire ! Je comprends mieux maintenant ! Moi c'est Julie, celle qui piquait les copines de mon petit frère, à l'époque du lycée. On s'embrasse ? »

La soirée et le repas ont été délicieux, nous avons beaucoup ri, et en apprenant à connaître Anaïs, dont la voix posée et mature contraste avec son physique de jeune fille en fleurs, j'ai révisé mon impression première : c'est elle qui doit mener la danse. Anaïs est en quatrième année de médecine, elle sera chirurgienne (elle a dit « je serai » et pas « je voudrais être »), on la trouve plus jolie chaque fois qu'on la regarde, et c'est elle qui a dragué Julie : « Je ne savais pas que j'étais lesbienne, mais quand j'ai vu votre fille, j'ai compris toute ma vie à rebours, comme un film qu'on déroule, c'était un moment de vérité très intense. » Annie et Pierre sont d'un naturel confondant avec la sexualité de leur fille, je trouve cela beau, admirable même, et je dois être terriblement archaïque car si je pouvais choisir, je préférerais que mon enfant soit hétérosexuel, pour ne pas compliquer encore plus une vie qui le sera sans doute déjà beaucoup. Bien sûr je ne dirai jamais cela publiquement, encore moins à

Frédéric, il le prendrait mal et il aurait raison. « Je vous avoue que ça n'était pas mon plan initial, d'être lesbienne, je m'en serais bien passée, d'autant que l'écart d'âge avec votre fille est important, vingt ans ce n'est pas rien, mais que voulez-vous, l'amour » et Julie a pris sa main en souriant. Je me demande si cette semaine est la meilleure de la vie de parents d'Annie et Pierre ; elle y ressemble en tout cas, tant ils semblent se réjouir du bonheur sentimental nouveau de leurs deux enfants.

Ultime nuit dans cette grande maison, et encore un réveil nocturne ; le citrate de bétaïne m'a réussi la fois dernière, et tout placébo étant bon à prendre, je vais réitérer. J'ai à peine posé un pied dans l'escalier qu'une porte s'ouvre, dans le couloir ; heureusement cette fois j'ai passé un t-shirt. Je me dépêche de descendre, vais m'asseoir à la table de la cuisine ; après quelques secondes une silhouette se détache de l'obscurité et s'approche de moi. Anaïs, uniquement vêtue du débardeur Guns N' Roses que Julie portait aujourd'hui, tire un tabouret et s'assoit à ma droite.

« Je me suis réveillée à cause d'un rêve.

— Moi aussi, c'est la même chose depuis trois nuits, des cauchemars.

— Ah non, moi c'est un rêve, j'ai rêvé de toi.

— Tu ne me torturais pas, j'espère ?

— Non, au contraire. Claire, tu es la deuxième femme avec qui j'ai envie de coucher de toute ma vie.

— Tu dois avoir un problème avec les quadras. Un Œdipe inversé, peut-être ?

— J'ai l'impression que tu es l'exact opposé de Julie. J'ai envie de toi, tu ne peux pas imaginer. Je n'ai vu que toi ce soir, tu l'as remarqué, non ?

— Honnêtement, non.

— Julie m'a fait une scène dans la chambre.

— Elle a eu raison.

— Je peux t'embrasser ?

— Bien sûr que non.

— Juste un baiser. J'y penserai pendant des mois.

— Non, Anaïs, n'insiste pas, c'est déplacé. Je suis avec le frère de ta compagne, nous allons faire un enfant.

— Mais pour toi ce n'est rien. Moi je suis dingue de toi. Juste un baiser. »

Anaïs se penche vers moi, me vole un baiser, furtivement ; puis elle passe sa main dans mes cheveux et m'embrasse plus longuement. Je sens sa langue forcer l'entrée de ma bouche, alors je desserre un peu la mâchoire. Ce n'est pas agréable pour moi, mais Anaïs ne s'en rend pas compte, ou ne veut pas s'en rendre compte, son baiser est long et fougueux. Elle respire très fort, elle est au bord du gémissement, à tel point que j'ai peur que quelqu'un l'entende, là-haut. Enfin, elle cesse.

« Je t'avais dit non, Anaïs.
— Merci, Claire. »

Elle remonte vers les chambres, disparaît dans l'obscurité. Mon comprimé de citrate de bétaïne est totalement dissous ; j'espère que je vais bien dormir.

Ça y est, Frédéric écrit. Depuis un mois exactement. Moi qui m'imaginais témoin privilégié du miracle de la création, je cache ma déception : il n'écrit que le soir, une fois que je suis couchée, et jusque tard dans la nuit. Lui au salon, moi dans la chambre. Si je sors pour une raison quelconque, il s'arrête d'écrire et me regarde, sans rien me dire, parfois un sourire neutre aux lèvres, parfois le regard pressant, jusqu'à ce qu'enfin je regagne mes pénates ; et la porte n'est pas encore refermée que déjà j'entends le cliquetis des touches de son clavier. Frédéric ne dort plus que trois heures par nuit mais paradoxalement, il ne m'a jamais semblé en si bonne forme : il est d'une beauté éclatante, vivant comme jamais. Je ne suis pas témoin direct de son ouvrage, mais reste tout de même très privilégiée : chaque matin, je lis son effort de la veille. Frédéric imprime les nouvelles feuilles pendant que le café se prépare, et je les lis en buvant. Je dois avouer que les premiers temps, j'ai été surprise : Frédéric écrit en moyenne six pages par nuit. Quatre les jours sans, c'est un minimum qu'il s'impose ; huit quand il est en transe, comme il dit. Six pages quotidiennes, je trouve cela énorme, je pensais qu'il tirerait à grand-peine un à deux feuillets, et qu'en plus de cela il effacerait régulièrement les efforts de la veille qu'il jugerait insuffisamment bons ; mais non. Chaque jour, inlassablement, son roman s'épaissit de six pages nouvelles. J'ai fait le calcul : à ce rythme, *Rivages en aplomb* s'est écrit en trente-neuf jours. Si l'on ajoute les week-ends (il n'écrit pas les vendredis et samedis, afin de « laisser l'envie creuser à nouveau son sillon ») et quelques soirées entre amis ici et là, nous arrivons péniblement à soixante jours. Deux mois. Deux mois pour écrire un grand roman ? Non, Frédéric, le compte n'y est pas. Je n'y crois pas une seule seconde. Nabokov a-t-il écrit *Lolita* le temps d'un été ? Kafka a-t-il mis moins d'un mois à rédiger *La Métamorphose* ? Définitivement, c'est non. Mais comment le lui dire ? Comment Frédéric pourrait-il entendre que sa trop grande productivité est à coup sûr l'ennemie de sa qualité d'écriture ? Car à de rares exceptions près (et qui émanent de génies fulgurants comme il n'en existe plus) les chefs-d'œuvre de la littérature n'ont pas un style *léger*, ni une écriture *spontanée*. Et cela pour une raison simple : les lecteurs et critiques aiment avant tout sentir le travail, parce que le génie est ressenti comme une injustice ; et quand ils aiment l'épure, c'est parce qu'ils l'imaginent fruit d'un interminable labeur d'élagage. Celui qui maîtrise l'épure sans retravail doit absolument se garder d'en parler à quiconque : son don se verrait instantanément minorer, au point qu'à terme, les critiques du *Masque et la Plume* dénonceraient une *absence de style* évidemment impardonnable. En art tout n'est qu'acceptabilité du ratio effort/talent perçu, et si l'on aime les génies, on les aime avant tout quand ils travaillent ; c'est pour cela que l'on aime tant les compétitions sportives, dans nos pays où l'effort n'est plus nécessaire : il y a dans le sport une salutaire illusion de justice. On sait qu'il faut travailler, s'entraîner, l'effort est visible et paie cash ; on trouve cela juste, démocratique. C'est discutable, faible sans doute, mais il en est ainsi, je ne fais pas les règles et Frédéric non plus ; à défaut d'être un génie, ce qui n'est ni grave ni déshonorant, s'il veut devenir le grand écrivain qu'il a le potentiel de devenir, Frédéric doit écrire moins, et mieux. Il n'est pas le seul dans ce cas, loin de là ; mais il m'a, maintenant, et quand je trouverai le bon moment pour lui dire ces vérités, les choses changeront pour lui. C'est mon rôle. Si j'étais l'attachée de presse d'Amélie Nothomb, par exemple, je lui demanderais de cesser de s'exprimer sur le sujet du labeur

– ou de mentir, comme font les autres : elle claironne en effet à longueur d'interview qu'elle se lève à quatre heures du matin pour écrire, chaque jour que Dieu fait, pour y passer le plus clair de sa journée ; et dans le même temps elle se targue d'écrire trois romans par an, pour au final n'en publier qu'un. D'abord, on lui conseillerait de réécrire trois fois le même livre et de n'en garder que la meilleure version, le travail servirait à quelque chose ; car en l'état on s'imagine que les deux livres qu'elle met de côté sont a minima moins bons que celui qui sort, ou par raccourci, juste mauvais. Ensuite, l'on se demande où sont les milliers d'heures d'écriture quand on voit la brièveté extrême de ses romans qui ressemblent parfois à de longues nouvelles, et l'on finit par se demander : tout ça pour ça ? Et en cherchant à répondre à cette question, l'on finit mécaniquement par en arriver à celle du talent ; alors il est déjà trop tard.

Ainsi, il est venu, le salaud. L'ordure. Le message de Salomé était clair, concis : *Hôtel Grand Amour, 18 heures, chambre 101. Vous et moi, enfin.* Et il est là, le taxi vient de le déposer, il ne s'est pas fait prier, il a même trois minutes d'avance, il trépignait bien sûr, il n'a même pas la fierté d'arriver avec cinq minutes de retard, comme tout le monde. Je me suis postée dans le bar-restaurant juste en face, je n'ai pas eu à me cacher, il est entré directement dans l'hôtel, un bouquet de fleurs à la main ; c'est ce bouquet, sans doute, qui me fait le plus mal. Une infidélité, je pourrais accepter, je connais les hommes, mais des roses rouges, cela me dégoûte ; Frédéric me dégoûte. J'ai le cœur si serré que je me demande s'il vient de se briser, j'ai lu plusieurs articles sur le sujet, il semble que le cœur puisse réellement se briser à la suite d'une déception amoureuse, ça s'appelle le *takotsubo*, ce sont des chercheurs japonais qui l'ont découvert, c'est une cardiomyopathie consécutive à un stress émotionnel si puissant que le cœur se déforme jusqu'à faire ressembler le ventricule gauche à un piège à poulpe (le fameux *takotsubo*) pour ne plus jamais retrouver sa forme initiale. Il est avéré que ce syndrome du cœur brisé n'arrive pratiquement qu'aux femmes, preuve s'il en fallait qu'elles sont les seules à savoir véritablement aimer. Maintenant, la question est : combien de temps Frédéric va-t-il attendre, puisque Salomé ne viendra pas ? Si c'était moi, j'attendrais trente minutes, pas plus. Cela fait un quart d'heure, déjà.

Où êtes-vous, Salomé ?

Je ne réponds pas, bien sûr, je ne répondrai plus. Il insiste.

Je vous attends. Je suis si impatient.

Qui écrit ainsi dans un texto ? « Je suis si impatient », ce n'est pas naturel, quand on est sur le point de baiser on écrit, au mieux, « je suis impatient » ; or là on sent bien qu'il joue à l'écrivain, il se surveille, il s'épie pour paraître à la hauteur, c'est insupportable, à moi il écrirait « il me tarde », Frédéric me rabaisse, avec cette fille, il m'humilie.

Trente minutes, déjà ; il n'a plus écrit à Salomé. Peut-être prend-il une douche, en vitesse, peut-être est-il nu sur le lit, à rentrer le ventre.

Où es-tu mon chéri ? J'avais pensé à un filet de lieu noir pour ce soir, ça te va ?

Bien sûr mon amour ! Je suis avec mes collègues, on prépare un article pour la revue.

Bon courage !

Mon Dieu. J'ai la nausée.

Il est 18 h 46 : Frédéric quitte l'hôtel, à pied. Il aura donc attendu trois quarts d'heure, c'est dire s'il avait envie d'elle ; et je devine exactement comment cela s'est passé, car si l'on enlève la minute nécessaire à parcourir le trajet de la chambre à la rue, on comprend qu'il a quitté la chambre à 18 h 45 précises, il aura donc passé les dernières minutes à regarder sa montre en disant « si à moins le quart elle n'est pas là, je me casse », et sitôt le 45 apparu, il s'est levé comme un enfant vexé et est parti, boudeur. Décevant jusqu'au bout ; lamentable, même.

« J'ai remarqué une chose, Claire, qui m'étonne beaucoup. Je me suis fait la réflexion il y a quelques semaines et pour ne pas dire de bêtises j'ai attendu, et cela s'est confirmé : tu ne ris pas.

— Pardon ?

— Jamais, en ma présence, tu n'as ri. Entends-moi bien, ce n'est pas une critique, mais je trouve cela tellement étonnant que j'ai eu envie de t'en parler. On te l'a déjà dit ?

— Non, jamais ! Mais je ris, enfin.

— Non. Tu souris énormément, tu es une femme très enjouée, très gaie, mais tu ne ris pas. Je ne t'ai jamais entendue laisser échapper un rire sonore.

— C'est la chose la plus étrange qu'on m'ait jamais dite.

— Pardon, je n'aurais pas dû t'en parler.

— Mais si, c'est juste qu'il m'est impossible de te prouver le contraire. Vendredi soir quand Alexandre a raconté cette histoire avec les deux élèves de terminale dans les toilettes, j'ai ri !

— Non, tu as souri, alors que tout le monde s'esclaffait. J'ai bien regardé justement, tu as souri grand, si on veut.

— Bon. Et qu'est-ce que je fais de cette information ?

— Je ne sais pas. Pardon, c'est bête. Ce n'était même pas un reproche, juste une curiosité.

— Tant que tu n'en parles à personne…

— Bien sûr. C'était idiot, je t'ai vexée.

— Non, je t'assure ! »

Vient toujours un moment dans la vie d'un couple où l'on en arrive à souligner autre chose que ce qui va, que ce qui plaît, qui émeut ou qui excite. Cela peut paraître bénin mais ça ne l'est pas : c'est la marque de la fin de la période de symbiose amoureuse. Je ne me plains pas qu'elle arrive maintenant, au contraire, je trouve cette étape constructive et nécessaire, car cela signifie que la phase du mensonge est terminée ; phase du mensonge à l'autre et du mensonge à soi-même. Ainsi, Frédéric voit en moi autre chose que du merveilleux ; cela aura pris presque sept mois, c'est beaucoup, très encourageant. Avec Laurent, la phase de fusion avait duré une nuit ; au matin il m'avait lancé : « Tu es prude quand même, je ne pensais pas, je veux dire, tu es sensuelle, incroyablement, mais bon ça reste un peu papa-maman. » Si j'avais pu deviner qu'avec cette phrase la manipulation venait de commencer, j'aurais fui, et gagné tellement de temps ; mais en vérité la manipulation avait commencé la veille, lorsqu'il avait glissé ce petit papier dans ma main – comment ai-je pu être aussi naïve. C'était un 13 mars, un cocktail à la Maison de la photo, une expo quelconque, donc très prisée, encore plus que d'habitude ; et Laurent était là, je ne l'avais pas remarqué bien sûr, d'abord parce qu'il y avait beaucoup de monde et ensuite parce qu'il n'était pas mon type d'homme, il n'avait pas cette beauté qui m'émeut. Je discutais avec je ne sais qui quand j'ai vu cet homme grand et grisonnant, un peu trop épais, s'avancer vers moi le visage neutre ; je ne savais pas si j'étais censée le connaître, j'ai donc armé mon sourire marchand quand il a dévié légèrement sa trajectoire pour passer juste à côté de moi ; et j'ai senti alors qu'il glissait un papier dans ma main, le plus discrètement du monde. J'étais en pleine conversation donc j'ai fait comme si de rien n'était, j'ai continué à écouter cette femme, je me souviens maintenant que c'était une femme, elle ne cessait de me parler de son voyage en Mongolie, des photos qu'elle avait faites là-bas ; et dans ma main, la curiosité brûlait déjà. Je me demandais ce que cet inconnu avait écrit ; qui était-il, comment osait-il, était-ce un numéro de téléphone, m'exposant à une petite déception, ou un mot plus élaboré, auquel cas je lui laisserais sans doute sa chance ? Voire, était-ce un billet de banque, me prenait-il pour une pute, auquel cas j'espérais que le billet fût de cinq cents ; l'idée de balancer cinq cents euros roulés en boule au visage d'un inconnu devant tout ce beau monde me procurait à elle seule un plaisir inouï. La femme en était à la capture sur argentique de l'écume s'échappant des naseaux des chevaux mongols au petit matin quand j'ai prétexté détecter un problème inquiétant, à l'autre bout de la salle, et m'en suis allée l'air grave ; j'ai alors hâté le pas jusqu'aux toilettes, retardant la découverte de mon trésor jusqu'à être bien enfermée et seule : le papier blanc, plié en quatre, me promettait tant. Presque adolescente, j'avais cessé de respirer lorsque je l'ai déplié : rien n'était écrit, ni au recto ni au verso (qui n'existaient pas, de fait). J'ai vérifié longuement, nulle marque, nulle inscription, rien ; je n'ai toutefois pu me résoudre à le jeter, l'ai glissé dans ma pochette, et suis retournée parmi les autres, frustrée. J'ai cherché du regard l'individu massif et grisonnant, il n'était plus là, je devais être attentive à nos hôtes mais je bouillais de retrouver cet homme, et la soirée était presque achevée quand il est reparu ; adossé entre deux cadres il faisait mine de ne pas me voir. Je me suis dirigée vers lui, il fallait que je sache, je lui ai demandé « qu'est-ce que c'est » en sortant le petit papier de ma pochette et il m'a répondu, en me regardant par en dessous, « un espoir ». Je suis restée interdite.

« Et cet espoir est exaucé puisque je rêvais que vous veniez me parler.

— Vous le faites souvent, ce coup-là ?

— Oui, assez souvent.

— Et ça fonctionne ?

— Tout le temps. »

La séduction est un jeu de dupes : on pose soi-même les pièges à loup qui finiront par se refermer sur nos chevilles. On prend l'arrogance pour de la confiance en soi ; la suffisance pour de l'ego ; les effets de manche pour du brio. Mais tout cela est loin et je ne sais pas pourquoi je pense à Laurent, encore ; cet homme n'existe plus, il est une rature. J'ai Frédéric devant moi qui est le contraire de tout cela, qui est un homme qui guide vos pas pour vous éviter les embûches, il est infiniment supérieur à Laurent, et à tous les autres, en tout point. Frédéric est une signature ; j'ai tellement de chance de l'avoir.

« Frédéric ?

— Oui ?

— Tu as un rictus très étrange, quand tu jouis. Cela te fait une tête vraiment bizarre, on te l'a déjà dit ? »

Je cuisine rarement, je dois l'avouer ; j'accommode, le plus souvent, en y mettant du cœur et un peu de savoir-faire. Mais ce soir, j'ai fait un effort, mettant tout en œuvre pour que le menu soit délicieux : nous recevons l'éditeur de Frédéric, de chez Grasset, et son épouse. Dîner important s'il en est : Frédéric va remettre son texte à la fin du repas, en mains propres, « je ne veux pas envoyer le manuscrit par e-mail, je veux que mon livre pèse, au sens propre, entre ses mains ». La difficulté, bien sûr, est de faire délicieux afin que la qualité du repas soit associée à la qualité de Frédéric, à son agrément, tout en ne faisant pas trop ostentatoire, afin de ne point donner à l'éditeur l'impression qu'il est une personne capitale – ce qu'il est, évidemment. La pire erreur serait que Marc ait l'impression que nous avons mis les petits plats dans les grands, sorti notre plus belle vaisselle, et que j'ai passé ma journée entière derrière les fourneaux ; définitivement, ce serait nous aplatir devant lui, et un auteur aplati ne peut rendre qu'un texte plat, le ver serait dans le fruit, il en serait fini du troisième roman de mon homme. La solution est donc de préparer des plats dits faciles – afin qu'il s'imagine que je les ai préparés sans livre de cuisine – et rapides – afin qu'il n'aille pas se figurer que j'ai pris mon après-midi pour les concocter –, mais en les cuisinant mieux que personne : ingrédients les plus chers, mitonnage la veille, manuel de cuisine d'un chef étoilé, après-midi posé pour s'y consacrer. Mon choix s'est porté, en entrée, sur ce que j'ai annoncé comme étant « une petite cassolette de langoustines » et qui s'est révélée être la recette des langoustines badiane et fenouil d'Alain Ducasse, dans laquelle j'ai remplacé le citron par du *yuzu*, cela ajoute une dynamique inattendue, je suis catégorique. Pour le plat, je me suis contentée d'un « vous aimez le carré d'agneau ? » en déposant au centre de la table un agneau des Pyrénées en croûte de yaourt brûlé au piment d'Espelette, accompagné d'une « petite poêlée de légumes » qui ont en réalité confit la veille et que j'ai repassés à la poêle, dans un fond de jus à la truffe, tout en faisant quelques allers-retours entre la cuisine et le salon, façon cuisson minute. Implacable.

« Claire, c'est délicieux. Et je ne dis pas cela par politesse, l'entrée était déjà succulente, mais là, pour moi qui aime l'agneau, c'est l'extase.

— Il en restera, si vous voulez.

— Je risque bien de craquer, oui. Et donc, pour finir l'anecdote, en comité de lecture j'ai dit que je trouvais le roman de cette fille inepte, cette histoire de destins croisés de trois femmes qui luttent contre leur condition et tout le *blabla* fadasse, les conneries habituelles, pardon Claire la condition des femmes me touche, mais il faut la prendre à bras-le-corps, avec de l'âme et du talent, pas comme une journaliste voyeuriste, bref, je descends le bouquin mais Laura insiste, elle y croit, elle veut le signer. Six mois plus tard il s'en était vendu 300 000, Laura m'a dit "t'as vu les chiffres, tu le trouves toujours inepte, mon roman", j'ai dit "oui, c'est parce qu'il est inepte qu'il se vend autant". Elle a commencé à faire la gueule alors j'ai ajouté : "Et si tu ne l'avais pas retravaillé avec l'auteure, il aurait été encore plus inepte et il s'en serait vendu 100 000 de plus." Tu as entendu, j'ai dit auteure, avec un *e* à la fin, je ne l'ai même pas fait exprès, je me suis entendu le dire, une horreur. C'est fini je suis contaminé, il faut que j'arrête, je ne suis plus de ce monde, j'ai su que tout avait basculé le jour où David Foenkinos s'est retrouvé sur la liste du Goncourt, je ne suis pas génétiquement assemblé pour parvenir à survivre professionnellement dans un monde tel que celui-là.

— Tu sais bien que tu ne le penses pas, Marc, et puis, si tu t'en vas, il n'y aura que des jeunes éditrices comme cette Laura, qui ne sortiront que des livres comme celui-là. Plus de place pour les miens ! »

Frédéric sourit, l'air de plaisanter, mais il n'en pense pas moins, je perçois son stress, et je suppose que Marc le perçoit aussi, il doit en avoir l'habitude, tous les auteurs tentent avec plus ou moins de succès de cacher leur fébrilité au moment de remettre un nouveau manuscrit, j'en suis sûre. Ce doit être le même trac que celui du comédien, avant d'entrer en scène un soir de première. Je pense que Frédéric est aussi très déstabilisé par sa correspondance avec Salomé, qui lui en fait voir de toutes les couleurs depuis hier. J'ai relu quelques-uns des messages qu'elle lui a envoyés cet après-midi, où elle se montre de plus en plus pressante.

> J'ai l'impression que vous ne me désirez plus, Frédéric. Vous vous êtes lassé de moi.

Évidemment Salomé lui a au préalable demandé de venir la voir ce soir, à vingt-deux heures, le soir du dîner si capital bien sûr, pile quand il ne peut pas ; elle est dans un hôtel tout proche, demain elle repart déjà, c'est ce soir ou jamais, en quelque sorte. Je retourne à la cuisine enfourner le dessert.

Quelle est votre décision, Frédéric ?

Je ne peux pas.

C'est maintenant ou jamais, Frédéric.

Ce n'est pas le bon moment pour ça.

Je déteste l'idée que Frédéric réponde aux messages d'une autre femme alors que Marc et sa femme sont en face de lui, que doivent-ils penser, qu'il se désintéresse de leur présence, qu'il a mieux à faire ? Ou bien, il répond sous la table, le plus discrètement possible, ce qui est pire, car si Marc s'en rend compte, il imaginera que son auteur a quelque chose à cacher, et autant un éditeur aime que son auteur cache des choses à ses lecteurs, autant il abhorre ne pas être dans le secret des dieux.

Déjà 22 h 30. Vous ne m'aimez pas, Frédéric. Vous ne m'aimez plus.

Ne dites pas ça.

Si vous m'aimez, venez. Maintenant.

« Le dessert sera servi dans dix minutes !

— Je me demande ce que vous nous avez concocté, Claire…

— Oh, quelque chose de très simple ! »

Frédéric est tendu comme jamais : il trépigne, d'évidence il meurt d'envie d'aller rejoindre Salomé, mais il ne peut pas, n'importe quel soir il aurait pu, il aurait trouvé une excuse, un ami en panne, sa mère qui aurait fait un malaise – avant la mort de maman je me servais régulièrement de sa santé fragile pour m'accorder quelques demi-journées de repos, je ne me suis rendu compte qu'après que c'était immoral, et me suis même demandé parfois si j'avais pu lui porter malheur et précipiter sa fin, où va se nicher la bêtise –, n'importe quelle justification aurait été bonne à prendre, et aurait été crédible, mais ce soir, le dilemme est là et bien là. Lui qui me citait Corneille comme une référence il y a peu, devrait être satisfait de naviguer en eaux connues. Pour ma part je ne sais plus où j'en suis, je ne demande pas grand-chose, je ne demande même pas qu'il l'oublie, seulement qu'il ne lui réponde pas, pas ce soir, pas en ma présence ; et je trouve ce Marc décidément très bavard, et surtout très enclin à s'écouter parler. « Non mais reconnaissez que la notion même de culture est en train d'exploser, d'ailleurs elle n'explose pas elle implose, la culture c'est ce que nous partageons, or aujourd'hui on ne partage plus rien, on parle de communautarisme mais le communautarisme c'est acté et entériné depuis belle lurette, on est déjà passé à autre chose, il faudrait trouver un nom à cette chose, si j'avais été écrivain je l'aurais trouvé, peut-être, c'est une balkanisation culturelle, voilà c'est ça, chacun son petit territoire culturel, et vous savez, je me rends compte maintenant que la télévision, sur laquelle j'ai vomi pendant des décennies, était en fait un moindre mal, voire, finalement, un bien. Ne me regarde pas comme ça, Sylvie, oui je le pense, un bien ! Avec la télévision nous avions tous plus ou moins une culture commune, même si c'était une sous-culture, tout le monde ressortait les blagues des *Guignols* de Canal, on regardait les mêmes films le même soir, les mêmes émissions dont on parlait le lendemain, on avait le sentiment d'être cons peut-être, mais d'être cons ensemble ! Aujourd'hui on est cons séparément, et finalement c'est pire, des millions de petits groupes de cons, chacun avec ses petits référents à la con, ses abonnements YouTube à la con, et c'est dramatique ! Moi le premier, quand je suis chez moi et que j'ai une demi-heure à perdre, je n'allume plus la télévision, je regarde des gonzesses obèses critiquer les livres de mes auteurs sur YouTube, leur donner des notes sur cinq ou choisir entre coup de cœur et coup de griffe, en conséquence je m'enferme, on s'enferme tous dans ce qu'on fait, ce qu'on aime et rien d'autre. Ne plus allumer la télévision, ça change tout ! Les jeunes générations trouvent qu'il n'y a pas assez de choix à la télé, pourtant nous qui avons connu l'époque où il n'y avait que trois chaînes, ces centaines de canaux nous semblent pléthoriques, or le simple fait de regarder un flux continu apparaît maintenant comme une contrainte, on ne veut plus qu'on nous impose quoi que ce soit, pas une minute d'un programme que nous n'aurions pas choisi, et c'est idiot ! Car, au fond, la véritable culture c'est savoir des choses qui ne nous intéressent pas sur des sujets dont on se fout. La culture générale c'est savoir que le rugby a été inventé dans le collège d'une ville d'Angleterre qui s'appelle Rugby, alors que je m'en tape, je n'aime pas le rugby, mais j'ai vu ça un jour au journal télévisé avant la Coupe du monde, il y a des années, et je l'ai retenu ! Qui regarde les informations, aujourd'hui, chez les moins de trente ans ? Personne. » Il n'a pas forcément tort, mais il est trop tard, je suis lasse, les gens devraient comprendre qu'ils ont un quota de choses à dire et qu'une fois ce quota dépassé leurs mots ont peu d'impact, voire un impact négatif ; Frédéric se force à paraître captivé en hochant la tête de temps à autre, l'air pénétré. Le four sonne, m'offrant une échappatoire bienvenue ; et pendant que je mets la touche finale à mes desserts, Marc s'emballe, « la culture c'est ce qui est ancien, même d'à peine dix ans, mais aujourd'hui quel ado regarde des films d'il y a dix ans ? Aucun, ils ne veulent que de la nouveauté, et ils en sont abreuvés sur Netflix ou Disney ! Ils attendent *la nouvelle saison* d'une des centaines de séries qui sont produites à la chaîne, rien d'autre, ne crois pas qu'ils vont aller regarder un film de 2010, ça ne leur viendrait même pas à l'esprit, pas un instant, c'est vieux, c'est *has been*, c'est naze. Kubrick, pour un jeune de vingt ans, ça n'existe pas ! Et puisque les gosses ne sont plus réunis par des éléments de culture, ils se réunissent autour d'éléments de commerce, des marques, des jeux vidéo en ligne, du rien, du vide. Alors la religion revient pour remplir tout ça ». Un dernier texto depuis la cuisine, l'ultime.

> Frédéric, c'est maintenant ou jamais. Prouvez-moi votre amour et où que vous soyez, partez. Partir maintenant, c'est me dire que vous m'aimerez toujours. Sinon adieu.

Je me demande si je dois amener les assiettes à dessert par deux ou les quatre à la fois, j'aimerais bien faire ma petite impression en amenant tout en même temps, mais j'ai peur de ressembler à une serveuse de brasserie. Il est de ces détails d'un pénible, parfois… Bon, je vais commencer par deux, que je disposerai devant Marc et Sylvie ; je ne suis pas sûre d'avoir entendu la voix de Sylvie, ce soir, mais en tout cas elle m'a rendu ses assiettes lustrées, elle prend de toutes petites bouchées mais à un rythme effréné, et c'est peut-être elle qui aura le plus mangé, au final.

« Et voici le dessert ! Attention c'est un peu chaud… »

En même temps que je reviens dans le salon, j'entends le bruit de la porte, dans le couloir – la porte blindée de l'entrée, celle qui émet un claquement différent des autres portes, sourd, reconnaissable entre tous. À table, il n'y a plus que Marc et Sylvie, qui se regardent, étonnés, puis lèvent leurs yeux vers moi. Mon cœur se serre, j'ai la sensation qu'une boule compacte se forme dans mon bas-ventre.

« Frédéric vient de sortir ?

— Euh, oui, je ne sais pas, il n'a rien dit, il s'est levé et puis…

— Il n'a rien dit ?

— Non. »

Je sens les assiettes qui tremblent dans mes mains. Je les dispose devant Marc et Sylvie, qui ne semblent pas inquiets outre mesure, pour eux Frédéric sera allé récupérer quelque chose dans le couloir, ou à la cave, au pire ils se disent qu'il a eu une envie irrépressible de fumer une cigarette, et c'est tout. Mais moi je sais ; je sais et je me retrouve là, seule, avec l'éditeur qui à la suite de cet affront ne voudra jamais plus entendre parler d'un nouveau manuscrit. Frédéric vient donc de prendre la décision de m'abandonner et d'abandonner sa carrière littéraire ; cela, juste pour cette fille. Pour Salomé. C'était logique, en vérité je l'ai toujours su. Le véritable coup de foudre n'arrive qu'une seule fois dans une vie, et c'était elle, c'est tombé sur elle, je n'y pouvais rien.

« Allez-y, commencez avant que ça refroidisse !

— Vous êtes sûre ?

— Oui, les tartes fines se dégustent sorties du four ! »

Pommes Calville *blanc d'hiver* si finement émincées qu'elles fondent dans la bouche, ruban de caramel au beurre d'Isigny et fleur de sel de Guérande, poudre de noisettes, muscade et cannelle de Ceylan, le succès est assuré. Je reviens avec les deux dernières assiettes, en pose une devant la place vide de Frédéric, Marc et Sylvie n'ont pas commencé bien sûr ils m'attendent, j'ai envie de vomir mais je me force à manger, et ils m'emboîtent le pas, exprimant bruyamment leur plaisir. La sensation de vide en moi est indescriptible, avec toujours cette boule dans mon bas-ventre, la même que lorsque j'ai perdu deux mille cinq cents euros au casino, c'était à Deauville, en octobre 2012. Ils mangent leurs tartes beaucoup trop vite : quand ils n'auront plus rien à déguster, ils commenceront à se poser des questions. Et à m'en poser.

Je crois que je transpire ; le dessus de ma lèvre supérieure est humide.

Que vais-je faire de ces gens ? Comment vais-je leur dire que Frédéric ne reviendra pas, qu'il ne reviendra plus ? Et surtout, dois-je leur dire la vérité, que Frédéric est une ordure ? Ou mentir, inventer un coup de fil qu'il me passerait dans une minute, faire semblant de m'inquiéter, raccrocher en disant « oui, je les préviens, bien sûr ne t'en fais pas » et inventer un incident quelconque afin de me protéger moi d'une humiliation immédiate et Frédéric d'un bannissement littéraire durable ? Et puis, Frédéric est-il réellement une ordure, n'aurais-je pas fait la même chose à Laurent si c'était Frédéric qui me l'avait demandé ? Le bonheur se gagne ; certains perdent tout le temps. « Il y a longtemps que je n'avais pas autant mangé. Claire, heureusement que je ne suis pas jalouse de nature, sinon vous seriez ma pire ennemie ! » Si c'est pour dire des phrases de cet acabit – au mieux maladroites, au pire lourdes de sous-entendus imbéciles –, je pense que Sylvie devrait continuer à se taire, d'autant qu'elle avait fait le plus dur en tenant jusqu'à maintenant. Marc a un petit morceau de pomme coincé sur le bord de sa moustache, Sylvie ne peut pas le prévenir puisqu'elle ne le regarde pas, jamais, moi je ne le connais pas assez pour le lui dire, c'est insupportable, « la tarte de Frédéric va vraiment refroidir, c'est dommage », il louche avec avidité sur l'assiette à dessert à liseré or, celle du service de maman, du jour de son mariage, lui non plus n'est pas très doué pour cacher ses désirs profonds, « il est sorti chercher quelque chose ? ». Je ne sais que répondre, que puis-je dire, je fais « ah ! » en regardant mon téléphone, j'ai terriblement surjoué ce « ah », aucun naturel, l'étonnement le moins spontané du monde, une horreur, « j'ai un appel en absence, je crois que c'est Frédéric », Marc et Sylvie ne semblent pas trouver cela suspect, ils attaquent leurs dernières bouchées. « Un message sur le répondeur », je porte le téléphone à mon oreille, il me reste donc une trentaine de secondes pour trouver une excuse la plus crédible possible, je vais miser sur le fait qu'ils auront vu Frédéric consulter son téléphone juste avant de se lever et partir, oui, c'est la meilleure solution – peut-être parce que c'est la seule.

« Frédéric a un problème.

— Vraiment ? Lequel ?

— Eh bien… »

Un bruit dans le couloir, la porte d'entrée qui s'ouvre ; Frédéric entre, les mains chargées d'une épaisse enveloppe kraft et d'un livre. « J'ai réalisé que j'avais laissé ça dans le coffre de ma voiture », dit-il en déposant l'enveloppe à droite de l'assiette à dessert de Marc, « mon nouveau manuscrit ». Marc avale en vitesse sa dernière bouchée, attrape la serviette de table pour s'essuyer les commissures, Dieu merci, « mais je ne m'y attendais pas, c'est formidable ! Je vais avoir tout mon week-end pour le lire ». Je ne sais que dire, que faire, j'ai l'impression d'être ridicule mais personne n'a prêté attention au prétendu problème que j'avais à peine annoncé ; le nouveau roman éclipse tout. Frédéric me tend le livre qu'il tient dans sa main, c'est un exemplaire neuf de *Charbons de paille*, je suis sous le choc de l'incompréhension, tout le monde a l'air de trouver naturel ce qui est en train de se passer. « Je t'ai écrit une dédicace, tu devrais la lire.

— Oui, bien sûr. »

Je ne sais à quoi m'attendre quand je tourne la couverture. La dédicace est sur la page de garde.

*Pour Claire,*

*Si on arrêtait ce petit jeu ?*

*Pas besoin que tu sois deux pour que je t'aime doublement,*

*Frédéric.*

Je me lève et vais glisser le livre dans ma bibliothèque. Marc semble ravi, il pose déjà des questions à Frédéric avec gourmandise ; Frédéric sourit mais c'est moi qu'il regarde, le plus souvent. Il me jauge ; pour mieux voir de quelle hauteur je tombe.

« Alors, tu savais ? »

Je ne pouvais pas attendre, la porte est à peine fermée derrière Marc et Sylvie que je me précipite vers lui, me blottis dans ses bras, la tête dans le creux de son épaule.

« Bien sûr que je savais, enfin.

— Ah…

— Attends, ne me dis pas que tu pensais que j'ignorais que c'était toi ?

— Non, bien sûr, je voulais dire, depuis quand tu savais ?

— Depuis le début, je crois que c'était trois jours après le premier texto. »

Je n'y crois pas un instant : en disant qu'il sait depuis le début, il se dédouane de toute idée de tromperie, de la moindre velléité d'infidélité, tout cela est trop facile.

« Enfin, pour être plus précis, depuis le début je sais que ce n'est pas Salomé, car j'avais la certitude absolue que c'était quelqu'un qui avait participé à la dédicace dans le 14e.

— Comment pouvais-tu en être sûr ?

— Je ne sais pas si tu as gardé les messages, moi j'ai tout archivé, mais Salomé m'a parlé de mon Montblanc couleur champagne, tu te souviens avoir écrit ça ?

— Oui, bien sûr.

— Ce stylo, mon père me l'a offert trois jours avant la dédicace en question, et c'est l'unique fois que je m'en suis servi avant de recevoir les messages de Salomé.

— Ah, en effet…

— Au départ j'ai cru que c'était une jeunette qui vient souvent me voir avec ses copines, elles sont un peu fans, rien de méchant. Je me suis demandé comment elles pouvaient savoir, pour Salomé, et la seule possibilité, c'était qu'elles soient tombées sur le livre dédicacé quelque part.

— Oui, c'est logique.

— Tu l'as trouvé où ?

— Sur les quais de Seine, chez un de mes habitués.

— Tu l'as toujours, je suppose ?

— Oui. Je l'ai caché.

— Tu veux bien le jeter ? Puisque tu en as un nouvel exemplaire dédicacé, maintenant, ça me ferait plaisir de voir cette chose honteuse disparaître. »

Je vais récupérer ce *Charbons de paille*, celui par qui tout a commencé ; il était resté dans ma chambre, sous mes pulls d'hiver, ceux que je ne mets plus. Je le tends à Frédéric qui m'embrasse. Il ouvre le livre, tourne une page, lit ; puis il le referme avec un rictus de dégoût.

« Le pire c'est que je me souviens parfaitement de cette dédicace, c'était au Salon du livre de Paris, ma première fois. Je n'avais eu pratiquement personne, c'était désespérant ; j'ai le souvenir très exact d'avoir dédicacé trois livres, deux à des collègues qui ont eu l'amabilité de faire le déplacement, et celui-ci. Elle n'était même pas si jolie, mais j'étais célibataire, elle souriait beaucoup, je n'avais pas eu le réflexe de préparer quelques phrases toutes faites, alors j'ai écrit ça. À peine le livre fermé, j'ai regretté. J'y ai pensé, souvent, c'était tellement honteux d'écrire une chose pareille, alors quand j'ai reçu les messages je me suis dit que les filles se moquaient un peu de moi, c'était de bonne guerre. Et puis, dès que je t'ai vue à Saint-Étienne, j'ai compris que c'était toi. En vérité ça ne pouvait être que toi. J'étais ravi, je m'étais mordu les doigts de ne pas t'avoir abordée, le soir de la dédicace. »

Frédéric va jusqu'à la cuisine, je me décale d'un pas sur le côté pour le suivre du regard ; il soulève le couvercle de la poubelle, hésite un instant, puis jette le livre. Je suis saisie d'un sentiment d'effroi à la pensée de cet ouvrage, si beau malgré sa cicatrice, souillé par les restes du repas de ce soir : j'imagine sa couverture tachée par les carcasses de langoustine, sa tranche baignant dans les épluchures de pomme, ses pages maculées de sauce à la truffe. Un désastre ; mais un mal nécessaire, sans doute. Frédéric revient, me prend dans ses bras. « Ton petit jeu du dédoublement m'amusait, tu sais, je trouvais ça excitant, mais ces derniers temps je ne comprenais plus ou tu voulais en venir. Par exemple ce soir, pourquoi voulais-tu absolument que je sorte ? » Je ne voulais pas que tu sortes, Frédéric. Je désirais très exactement le contraire : que tu ne sortes pas – mais ça tu ne l'as pas compris, ou bien, tu l'as trop compris, je ne sais plus. Je voulais que tu n'aimes que moi, par-dessus toutes les autres, au-delà de toutes les beautés, de tous les désirs, de toutes les tentations ; une simple preuve d'amour.

« C'était juste un jeu, pardon.

— J'ai bien compris, mais tu voulais que je revienne, on est bien d'accord ? Parce que j'ai un peu attendu sur le palier, mais je ne voulais quand même pas me griller auprès de Marc.

— Non mais c'était très bien, tu as été parfait mon amour, je t'assure, c'est moi, je pensais que ce serait amusant mais en vérité ce petit jeu n'est plus drôle depuis un moment déjà, je voulais qu'on arrête.

— Depuis la fois de l'hôtel ?

— Exactement ! Le but ce jour-là était que je joue le rôle de Salomé, qu'on fasse l'amour comme des amants...

— Mais j'en avais envie aussi ! Alors pourquoi tu n'es pas venue ? »

Que puis-je bien te dire, Frédéric ? Que j'étais là, juste en face, une mine dans le cœur, les yeux sur le chronomètre de ton infidélité potentielle, que je me rongeais les sangs à t'imaginer en attendre une autre, bander à l'idée d'une autre ? Puis-je te dire que ce jour-là j'ai sorti la carte SIM du téléphone, que j'ai essayé de la plier en deux mais que je me suis cassé un ongle, qu'alors je l'ai mise dans ma bouche et l'ai mâchée, que le serveur m'a vue faire et qu'il n'a pu refréner une expression de dégoût ? Puis-je te raconter que j'ai senti le plastique se plier et le goût du métal contre ma langue, que ce jour-là j'ai déchiqueté ta trahison, avalé ton amour pour elle, cannibalisé cette fille pour que plus jamais elle ne te recontacte, ni que tu puisses la recontacter ? Et puis-je t'avouer que la semaine suivante, je faisais refaire une SIM neuve, au même numéro, parce qu'il fallait que je sache si tu lui écrivais, combien de fois tu lui écrivais, si tu la pardonnais, si tu lui cherchais des excuses ? Non, bien sûr, je ne peux pas te dire ça, Frédéric ; tu ne comprendrais pas. Je ne suis pas compréhensible.

« Je suis désolée, mais le photographe qui exposait est arrivé beaucoup plus tard que prévu, j'étais seule, il était très pénible, avec son assistante insupportable, je ne pouvais même pas répondre à tes messages. Ça a tout gâché, je suis désolée. Avoue que l'hôtel Grand Amour, rue de la Fidélité, c'était drôle, n'est-ce pas ?

— Mais oui, j'avais bien compris le message, justement je trouvais que c'était le moment parfait, c'est dommage, mais bon, tant pis, je peux rencontrer Salomé ce soir, tu sais, ça me va aussi.

— Vraiment ?

— Bien sûr.

— Va l'attendre dans la chambre, elle se change et elle arrive.

— Là tout de suite ?

— Oui. Mais attention, prépare-toi, Salomé est très cochonne, tu sais. Beaucoup plus que moi. »

# SANS ELLE

Il ne l'a jamais aimée, il ne l'a jamais désirée au-delà d'un instant fugace d'égarement. Il m'a assuré d'ailleurs qu'il ne la reconnaîtrait même pas. Ce faisant, elle n'existe pas, elle n'a jamais existé. Que de temps perdu à avoir peur d'un fantôme, d'une idée – de moi-même, peut-être. Mais c'est ainsi, il n'est jamais trop tard pour grandir.

Nous avons fêté notre premier anniversaire, ce soir, et Frédéric m'a demandée en mariage ; c'était magnifique, un moment parfait, j'ai beaucoup pleuré, j'aurais aimé que maman soit là pour voir ça.

Au fond, le bonheur est simple ; il se savoure dans chaque détail, dans chaque moment où l'on ne pense à rien, dans cette sensation de ne plus avoir peur, de ne pas craindre le lendemain mais de l'attendre, confiante. Confiants.

# Sans lui

J'ai quitté Frédéric. Nous étions en train de tester le menu de notre mariage, il fallait décider ce soir, le grand jour étant prévu dans trois mois à peine. J'ai beaucoup hésité dernièrement, trop, je ne parvenais pas à dénicher l'église parfaite, ni la salle parfaite, ni la robe parfaite, et au fond, je sais pourquoi, je l'ai toujours su : parce que je ne peux plus supporter de vivre comme cela, avec cette menace continuelle qui plane au-dessus de nous, c'est trop dur. Comment pourrais-je accepter de l'épouser tout en sachant qu'il suffirait que Salomé, la vraie Salomé, revienne vraiment pour que je sois écartée du jeu en un claquement de doigts ? J'ai cru à ses mensonges, un temps, à l'insignifiance supposée de cette femme, mais en vérité rien de tout cela ne tient debout, il est allé trop loin en disant qu'elle n'était même pas si jolie, qu'il ne la reconnaîtrait pas, il s'est trahi, Frédéric sait toujours ce qu'il fait, il a continuellement un coup d'avance, et moi je sens le mensonge, j'ai un sixième sens pour ça, s'il a dérapé ce jour-là, ce n'était pas par manque de préparation, mais bien parce qu'il a été perturbé comme jamais. Tout cela est remonté tout à l'heure, comme une évidence, alors je lui ai tout dit et j'ai quitté la table, il m'a suivie dans la rue mais j'ai hélé un taxi, Frédéric voulait rentrer avec moi, j'ai demandé au chauffeur d'intervenir, il fallait que je rentre seule. Le chauffeur m'a dit que je pouvais l'appeler, si je me sentais en danger.

J'ai réfléchi sur le trajet, et j'ai compris que Frédéric m'avait dupée depuis le début. Le fait qu'il ait toujours su que le retour de Salomé n'était pas réel était au final la pire chose qui puisse arriver : alors que je mettais à l'épreuve son amour pour elle (et donc celui qu'il me porte), il avait déjà pipé les dés, il jouait selon d'autres règles, les siennes, et me manipulait. J'ai fait une fausse couche le mois dernier, je ne savais même pas que j'étais enceinte, ma médecin m'a dit que c'était une très bonne nouvelle, cela signifiait que tout fonctionnait, pour nous, et que nous avions par conséquent une vraie chance d'avoir un enfant sous peu ; mais comment mettre au monde un enfant que le père pourrait abandonner à tout moment ? Je n'ai jamais voulu faire de bébé toute seule, ce n'est pas aujourd'hui que je vais commencer.

Je me sers un autre verre de vin, j'en ai besoin ; et comme je m'y attendais j'entends du bruit dans le couloir. La porte claque, Frédéric entre en trombe, il est hors de lui, il vient vers moi et son visage est différent de celui que je connais, je ne l'ai jamais vu comme ça.

« Mais qu'est-ce que tu me fais, Claire ?

— Laisse-moi ! »

Il attrape mes poignets et les serre, les serre, j'ai mal, Frédéric me fait mal.

« Arrête !

— Tu me rends fou, Claire ! Pourquoi tu remets cette histoire sur le tapis ?

— Parce que c'est avec elle que tu préfères baiser, avec elle tu jouis plus fort ! Et si elle revenait tu partirais avec elle !

— Mais c'est avec toi que je baise, putain, qu'est-ce qui va pas dans ta tête ? C'est juste un jeu, je pensais que ça t'excitait, elle n'existe pas, je donnerais tout pour toi, moi, je veux qu'on passe notre vie ensemble, et tu me parles d'annuler le mariage ?

— Tant qu'il y aura cette fille, ce ne sera pas possible.

— Mais tu deviens folle, c'est pas possible… »

Ses épaules semblent s'affaisser, tout d'un coup ; la pression de ses mains sur mes poignets se relâche, son visage retrouve son aspect habituel, l'affliction en plus ; il attrape mon verre de vin, va s'affaler sur le canapé.

« J'en peux plus, Claire… »

Je me retiens de lui dire que c'est moi qui n'en peux plus. Frédéric boit le verre d'un trait, il prend son visage entre ses mains, souffle fort. Il reste ainsi, sans bouger, pendant de longues secondes. « Je te ressers ? » Pour toute réponse, Frédéric tend son verre, sans me regarder ; je le remplis, lui laisse la bouteille sur le guéridon. J'attends un peu, il ne dit rien ; je décide d'aller dans la chambre.

Je suis couchée sur le côté, jambes repliées, depuis un temps indéfinissable, cinq minutes peut-être, une heure sans doute, quand Frédéric me rejoint. Je ne me suis pas déshabillée, n'ai pas ouvert le lit : je n'ai pas envie de dormir, juste de rester dans le noir.

« Je dois te dire quelque chose, Claire. »

Il a parlé si bas que j'ai à peine entendu ; sa voix est étouffée, il renifle, je crois qu'il pleure, ou qu'il a pleuré.

« Salomé est morte. »

Salomé est morte. Quelle belle phrase. Je ressens de la joie, je crois, un certain soulagement, mais pas réellement de surprise ; et très vite, cette impression sinon que j'avais toujours su, du moins, que tout cela était logique. Qu'il ne pouvait en avoir été autrement, depuis le début. Salomé est morte : trois mots qui changent le monde, comme un *je t'aime*. J'ai envie que Frédéric me les répète encore et encore.

« Je n'ai jamais pu en parler, car personne ne savait, pour elle et moi.

— Alors, tu l'as connue ? Elle était vraie ?

— Oui. Elle est morte il y a presque trois ans. Tu te souviens, par texto, j'ai tout de suite dit que je n'avais pas eu de nouvelles depuis dix-sept mois ?

— Oui.

— C'est parce qu'elle était morte depuis dix-sept mois exactement. Accident de voiture.

— Vous étiez ensemble ?

— Plus ou moins. En fait, j'étais son amant. C'est une histoire bête.

— Raconte-moi. »

Frédéric se lève, sort de la chambre ; je l'entends ouvrir un placard, quelques tintements, il revient avec la bouteille de vin et deux verres à pied. Il nous sert, lentement, dans la pénombre ; la seule lumière vient du salon. « Si elle était au Salon du livre, ce jour-là, c'est parce que son mari était écrivain, aussi, il avait trente ans de plus qu'elle, un mec bouffi de suffisance et de succès facile, enfin, ça je ne le savais pas encore », je meurs d'envie de lui demander qui était cet auteur, mais c'est trop tôt, « pour moi c'était juste une lectrice lambda, qui traînait dans les allées, je l'ai vue faire plusieurs allers-retours, elle devait s'ennuyer pendant que lui signait des livres à la pelle, on a eu un petit jeu de regards, à un moment je lui ai souri, elle s'est approchée, on a discuté quelques minutes, voilà, tout simplement elle m'a pris un livre, j'ai écrit ça, elle m'a raconté ensuite qu'elle ne pouvait pas rejoindre son mari avec une dédicace pareille, alors elle a juste pris mon numéro et elle a jeté le livre dans une poubelle du Salon du livre, on a pensé tous les deux qu'il avait été détruit, quelqu'un l'aura récupéré et il sera arrivé jusqu'à toi… Donc quand tu m'as écrit en te faisant passer pour elle, j'ai d'abord pensé que c'était son mari, qu'il avait découvert notre liaison après coup, qu'il voulait se venger ou je ne sais quoi, qu'il me tenait pour responsable de sa mort. Mais ça ne tenait pas la route, ça ne rimait à rien, alors j'ai continué à jouer le jeu pour savoir qui faisait ça, comment, et pourquoi... Ensuite il y a eu le coup du stylo, ça m'a soulagé, et j'ai vraiment cru que c'était cette fille bizarre, là, celle qui est fan de mes livres, je ne savais pas où elle voulait en venir, j'avais peur qu'elle l'exhibe lors d'une dédicace, et puis il y a eu Saint-Étienne. J'ai compris, enfin j'ai cru comprendre, que tu avais récupéré le livre dans une poubelle du Salon, j'ai tout de suite su qu'il n'y avait aucune intention bizarre derrière, juste un jeu, et en venant chez toi plus tard j'ai compris que tu avais simplement chiné le livre, comme tes milliers d'autres. Voilà. » C'est drôle, quand je pense infidélité j'imagine toujours un homme marié avec une femme célibataire ; là c'était l'inverse, et je me figure avec grande difficulté Frédéric attendant avec fébrilité que Salomé puisse voler quelques heures rien que pour lui, loin de son mari... Cela me semble plus avilissant encore, pour un homme ; ce Frédéric-là me paraît diminué, amoindri. « Salomé était malheureuse dans son couple, elle buvait beaucoup, tout le temps, même, elle a fini par venir me voir pratiquement tous les jours, mais moi je ne pouvais parler d'elle à personne, j'avais honte d'être avec une femme mariée. Au début c'était passionné, entre nous, comme toute relation interdite, mais après trois ou quatre mois comme ça, j'ai commencé à me lasser, j'ai découvert ses mauvais côtés, son alcoolisme, ses caprices, et j'ai fini par rompre. Elle a dit qu'elle venait me rejoindre, qu'elle allait le quitter, mais en vérité je ne voulais pas, enfin je ne voulais plus, c'était en pleine nuit, elle a pris la voiture avec deux grammes d'alcool, et elle a foncé dans un camion. Voilà.

— Tu ne l'aimais plus, alors ?

— Non.

— Elle était si belle que ça ?

— Je ne peux pas te dire que non, elle avait une beauté spectaculaire, tu sais ces rousses flamboyantes, comme on dit, très minces et très grandes, mais plus je la voyais, moins je la trouvais belle. Le contraire de ce qui se passe avec toi. Toi, je t'aimerai toujours, si tu me laisses faire. »

Je n'ai pas su quoi répondre, encore ce cœur qui faisait des siennes – je dois avoir une arythmie ou un souffle, quelque chose comme ça, qu'il faudra surveiller à plus ou moins long terme. J'ai posé ma tête sur les genoux de Frédéric, attendu que sa respiration ralentisse, que ses caresses dans mes cheveux se fassent moins raides, moins mécaniques ; et quand j'ai su qu'il devenait impérieux que je dise quelque chose pour briser ce silence trop lourd, cette incertitude, j'ai dégrafé son pantalon et nous avons fait l'amour.

J'ai fait semblant de m'endormir immédiatement après, et j'ai réfléchi longtemps, toute la nuit peut-être ; et puis, j'ai décidé de pardonner à Frédéric. Je lui ai tout pardonné.

# Avec eux

## Épilogue

Je crois que rien ne me plaît davantage que prendre le train, ces derniers temps : notre fils, qui d'ordinaire ne cesse de me donner des coups de pied – j'ai l'impression d'une hyperactivité à sept mois in utero, il est déjà très précoce, semble-t-il –, s'apaise dès que le roulis des rails se fait entendre. Une question de fréquences, sans doute ; la voix de son père qui chuchote tout près de mon ventre lui fait le même effet. C'est une des dernières fois que j'accompagne Frédéric sur un salon du livre, je commence à fatiguer rapidement, enfin, dans quinze jours il y a Brive, et je ne raterai Brive pour rien au monde, bien sûr ; c'est le salon où il faut être, et au vu du succès du roman de Frédéric, cela s'annonce pour lui comme une consécration. Les divers petits prix littéraires, dès la sortie de *Femmes au parallèle*, avaient déjà bien lancé la carrière commerciale du roman ; mais le prix Médicis a achevé de le faire connaître auprès du grand public – avec pour apothéose une *Grande Librairie* forte de six cent soixante-trois mille téléspectateurs, dont vingt mille se sont précipités sur le livre dans les trois jours qui ont suivi l'émission. Je pense pouvoir dire que Frédéric Hermelage est devenu un écrivain qui compte : je suis encore émue lorsque je repense à cette fois où, lors d'une expo, on m'a demandé sourcils écarquillés après que je me suis présentée : « Hermelage, comme l'écrivain ? » *Femmes au parallèle* est sorti pendant notre voyage de noces, Frédéric voulait y voir un bon présage, il a eu raison. Le cap des cent cinquante mille exemplaires vendus a récemment été franchi, les dernières négociations pour la sortie au format poche s'annoncent lucratives, les droits d'adaptation cinéma devraient être cédés sous peu également ; il s'agit maintenant de n'être pas qu'un feu de paille – heureusement, Frédéric est beau et s'est révélé être particulièrement télégénique, ce qui lui assure des invitations télé pour la sortie du prochain roman, quelle que soit sa qualité. J'ai conseillé à Frédéric de se mettre en disponibilité de l'Éducation nationale pour l'année prochaine ; il a fait sa demande, ainsi il pourra se consacrer à l'écriture de son quatrième, celui qui fera de lui un écrivain qui compte pour les dix à vingt prochaines années.

Lors des dîners donnés pendant les divers salons, où nous sommes désormais invités à siéger à la table du maire, il y a toujours quelqu'un pour glisser, du fait de ma présence, qu'il n'y a « pas de grand homme sans grande femme derrière lui » – c'est souvent la femme du maire qui dit cela, d'ailleurs. Je balaie toujours le compliment indirect d'un revers de main souriant et modeste, mais je suis évidemment persuadée que mon rôle est de faire de Frédéric l'écrivain qu'il doit être, et qu'il n'aurait sans doute jamais été sans moi. Ce sont des choses que l'on ne dit pas, certes ; mais parce que je sais être là quand il le faut, et disparaître quand cela est nécessaire, Frédéric va y arriver. Et notre fils sera si fier de son père, quand il sera en âge de comprendre.

Aujourd'hui, Frédéric est sur le stand de la principale librairie locale ; l'équivalent de trois places attribuées aux écrivains *normaux* lui ont été réservées – preuve qu'on attend beaucoup de monde pour lui. J'aime à chaque fois arriver quelques minutes avant Frédéric ; on m'installe une chaise quelques mètres à sa droite, très légèrement en retrait, ainsi durant toute sa séance j'observe, j'analyse, je prends des notes. J'ai vu au fil des semaines les files d'attente se former, puis gonfler, et dernièrement un grand pas a été franchi : les lectrices arrivent avant l'heure prévue, désormais on attend, enthousiastes, l'écrivain. C'est pour moi la preuve véritable d'un succès manifeste : ces femmes ne veulent pas rater la dédicace de leur nouvel auteur fétiche, mieux, elles veulent être les premières, espérant avoir un peu plus de temps avec lui, quelques secondes grappillées, avoir leur selfie avant les autres. Évidemment il n'y a pratiquement que des femmes, certains maris les accompagnent parfois, mais les hommes seuls sont très rares ; étrangement, ceux qui viennent sont généralement plutôt beaux et dans un rapport de sympathie plus que d'admiration béate ; c'est agréable à voir pour moi, et à vivre pour Frédéric. Souvent, je lis sur les lèvres de celles qui arrivent à deux ou trois mètres du but, lorsqu'elles tendent leur cou pour le voir enfin, « t'as vu comme il est beau ! » ou, dans sa version retraitée, « c'est un bel homme » ; et quand elles repartent livre dédicacé en main, beaucoup gloussent, les joues roses, surtout les plus jeunes. Je sais ce qu'il en est : parmi elles beaucoup aimeraient faire l'amour à l'écrivain, voire simplement se faire baiser par lui, à la faveur d'une rencontre dans le seul bar potable du coin ; cela n'arrivera pas bien entendu, mais il ne faut surtout pas qu'elles le sachent, car ces groupies-là sont le fonds de commerce de Frédéric, je n'ai de cesse de lui dire de jouer le jeu, de sourire en coin, de complimenter, c'est ainsi que l'on devient une star. Au départ, naïf comme il est, Frédéric voulait toujours m'installer à ses côtés, sur une chaise juste à sa gauche : quelle erreur ç'aurait été ! Peut-on trouver pire repoussoir que l'auteur qui se déplace avec sa femme aux chevilles épaisses, enceinte sur le tard, donnant l'impression qu'il dépend d'elle voire en est prisonnier ? Non, moi je veux qu'elles l'imaginent célibataire, qu'elles se projettent à ses côtés lorsqu'elles lisent ses livres, qu'elles pensent que tout est possible, je veux que Frédéric fasse partie de leur vie.

Bilan de l'après-midi : cent soixante-treize livres signés pour cent trente-neuf dédicataires, sept hommes, dix pour cent de filles dans la vingtaine, trente pour cent dans la trentaine, quarante pour cent entre quarante et soixante ans et le reste au-delà. Beaucoup de femmes jeunes, donc, c'est excellent. Les fins de dédicaces sont toujours spéciales, car certaines font exprès de se mettre tout au bout de la file pour être la dernière et ainsi pouvoir parler à l'auteur plus longtemps. J'en ai repéré une comme ça, aujourd'hui, une petite brune un peu ronde ; elles ne sont plus que quatre à attendre, mais elle a déjà laissé passer deux personnes devant elle, faisant mine d'attendre quelqu'un. Je trouve que son sac est bien grand et épais ; je mise donc sur l'admiratrice qui a un manuscrit à lui transmettre, elle pense qu'ils ont le même univers, sans doute, elle a un beau visage sain, une poitrine impressionnante, elle pense peut-être que Frédéric peut craquer pour elle, et son écrivain préféré deviendrait alors son mentor, son pygmalion, son île. J'étais pétrie de fantasmes identiques, quand j'avais son âge, j'ai même couché plusieurs fois avec un plasticien célèbre, mais je n'avais rien à vendre. Ah, l'apprentie écrivaine touchait au but, mais une autre retardataire arrive, elle veut la laisser passer mais la femme refuse, c'est drôle, chacune veut être la dernière, la comédie humaine est fascinante et pitoyable, et je ne suis pas moins fascinée ni pitoyable à me repaître de leurs mesquineries, où serait le sel de la vie, sans cela. La brunette abandonne, la nouvelle venue a gagné ; il faut dire qu'elle en jette, avec sa crinière d'un blond vénitien intense, et puis elle est grande, plus grande que moi, et mince, plus mince que moi lorsque j'étais mince, indéniablement, elle est d'une extrême beauté.

Frédéric est visiblement fatigué, il jette un coup d'œil à ses dernières clientes ; et la créature lui fait un sourire immense, accompagné me semble-t-il d'un imperceptible signe de la main. Frédéric se tourne vers moi, il me fait une moue vilaine, crispée, sans doute pour me signifier qu'il est fatigué ; courage, c'est presque fini.

Frédéric expédie la vieille dame, la petite brune ouvre son grand sac, et ce sont finalement les trois livres de Frédéric qu'elle en extrait avec difficulté. Les volumes ont visiblement bien vécu, elle les a lus et relus, une vraie lectrice comme je les aime, qui a conscience que la certitude d'aimer un livre ne s'acquiert qu'au fil des relectures. Derrière elle, la créature a toujours le sourire accroché au visage, elle porte un jean clair, une chemise blanche un peu large, un gilet gris chiné très long, plutôt large également ; malgré cela on voit bien qu'elle est d'une finesse extrême, comment font ces femmes ? Elle ne semble pas nerveuse comme les autres, du moins, ce n'est pas la même nervosité ; c'est plus une impatience, voire, une nécessité. Son nez est fin, parsemé de quelques taches de rousseur, je n'ai pas l'impression qu'elle soit maquillée, juste les yeux, il est des peaux sans la moindre imperfection, ce n'est pas mon cas malheureusement, Frédéric a déjà fini de signer les trois livres, la jeune fan demande un selfie, comme une bonne moitié de celles qui sont venues aujourd'hui. La créature fait un pas en avant et demande « vous voulez que je prenne la photo pour vous ? », elle a une jolie voix, sans accent marqué, son gilet glisse sur son épaule et elle ne prend pas la peine de le remonter, elle doit savoir qu'elle est encore plus belle ainsi. La petite brune refuse poliment l'intrusion de la créature dans *son* moment avec Frédéric, à qui j'ai conseillé de toujours coller la joue contre celle de ses lectrices jeunes et jolies, pour la photo ; la créature fait un pas en arrière, indifférente, attend que le selfie soit pris pour en faire deux en avant. Elle rayonne.

« Bonjour Frédéric !

— Bonjour. »

Frédéric est sur le point de me jeter un regard à nouveau, sa tête entame une rapide rotation dans ma direction, mais il se reprend avant d'avoir achevé son mouvement. Il paraît nerveux, est-ce qu'il la connaît ?

Court silence, durant lequel la créature attrape un exemplaire de *Rivages en aplomb* sur la pile qui n'en compte plus beaucoup. Frédéric se triture un peu les mains, il n'est définitivement pas à l'aise contrairement à elle qui paraît totalement épanouie, heureuse d'être là.

« Vous me reconnaissez ?

— Bien sûr, enfin, oui, oui, je vous reconnais. »

Pourquoi s'est-il repris ? Pourquoi masquer ce « bien sûr » ? Elle lui tend le livre, tout en se passant une mèche de cheveux derrière l'oreille, la tête légèrement inclinée ; puis du dos de sa main, dans un geste lent, elle rabat une partie de sa chevelure sur le devant de son épaule. De près, ses longs cheveux cuivrés ne tirent pas vers le blond, mais plutôt vers le roux ; oui, définitivement, cette femme est rousse. Elle est rousse, et sa beauté est spectaculaire.

« Vous me le dédicacez ? »

Frédéric ouvre à la page de garde et commence à rédiger la dédicace. Il met du temps, écrit beaucoup ; puis il rabat la couverture et lui tend le livre. Elle sourit, il la regarde ; jamais il ne lui a demandé son prénom.

# Table

13444

Composition
PCA à Rezé

*Achevé d'imprimer à Barcelone*
*par* CPI BLACK PRINT
*le 6 mars 2022*

Dépôt légal : mars 2022
EAN 9782290252857
OTP L21EPLN002974N001

ÉDITIONS J'AI LU
87, quai Panhard-et-Levassor, 75013 Paris

Diffusion France et étranger : Flammarion